빨강의 자서전

시로 쓴 소설

빨강의 자서전

시로 쓴 소설

Anne Carson
앤 카슨
지음

민승남
옮김

한겨레출판

빨강 고기:
스테시코로스는 어떤 변화를 가져왔는가?

나는 말들이 스스로 하고 싶어 하고
해야만 하는 걸 하는 것의 느낌을 좋아한다.
거트루드 스타인

스테시코로스는 호메로스 이후 거트루드 스타인* 이전, 시인에겐 힘겨운 기간에 세상에 등장했다. 기원전 650년경 시칠리아 북쪽 해안의 히메라라는 도시에서 태어나, 칼키디키어와 도리아어가 섞인 방언을 쓰는 난민들과 함께 살았다. 난민들은 언어에 굶주려 있으며, 무슨 일이든 일어날 수 있음을 안다. 말들이 약동한다. 우리가 허용하면, 말들은 스스로 하고 싶어 하고 해야 하는 걸 한다. 그의 말들은 스물여섯 권의 책에 담겼는데, 그중 우리에게 남겨진 건 여남은 권의 책과 몇 개의 단편斷片 모음집뿐이다. 집필 인생에 대해선─헬레네 때문에 눈이 먼 유명한 일화를 제외

* 1차세계대전 전후 활약한 미국의 시인이자 소설가. 언어의 다양성을 억압하는 관습적 형태를 탈피하기 위한 대담한 언어적 실험을 감행하였고 이후 미국문학에 큰 영향을 미침.

하면(부록 A, B, C 참조)—별로 알려진 게 없다. 그는 엄청난 대중적 성공을 거두었던 듯하다. 비평가들은 어떻게 평가했을까? 수많은 고대의 찬사들이 그의 이름 앞에 붙어 있다. 롱기누스는 그를 "서정시인들 중 가장 호메로스적"이라고 했다. 《수이다스》는 "옛이야기를 새롭게 만든다"고 했다. 할리카르나소스의 디오니시오스는 "변화의 열망에 이끌린 시인"이라고 했다. 헤르모게네스는 "형용사의 사용에 있어 경이로운 천재"라고 했다. 여기서 우리는 "스테시코로스가 어떤 변화를 가져왔는가?"라는 질문의 핵심에 닿는다. 한 가지 비교가 도움이 될 것이다. 거트루드 스타인은 피카소를 한마디로 표현해야 했을 때 "이 사람은 작업을 하고 있었다"•고 했다. 그렇다면 스테시코로스에 대해서는 "이 사람은 형용사를 만들고 있었다"고 말할 수 있다.

형용사란 무엇인가? 명사는 세상을 이름 짓는다. 동사는 이름을 움직이게 한다. 형용사는 어딘가 다른 곳에서 온다. **형용사**(adjective, 그리스어로는 epitheton)는 그 자체가 '위에 놓인', '덧붙여진', '부가된', '수입된', '이질적인'이라는 형용적 의미이다. 형용사는 그저 부가물에 지나지 않는 듯하지만 다시 잘 보라. 이 수입된 작은 메커니즘은 세상의 모든 것들을 특정성 속에서 제자리에 머무르게 한다. 형용사

• 평생 작품 활동에 매달렸던 일중독자 피카소를 단적으로 표현한 말.

는 존재의 걸쇠다.

　물론 존재하는 것에는 몇 가지 상이한 방식이 있다. 예를 들어 호메로스 서사시의 세계에서는 존재가 안정적이고 특정성이 전통 속에 단단히 뿌리를 박고 있다. 호메로스가 피를 언급할 때 피는 **검다**. 여자들이 등장할 때 여자들의 **발목은 단아하거나 반짝거린다**. 포세이돈은 늘 **포세이돈의 푸른 눈썹**을 지녔다. 신의 웃음은 **억누를 수 없다**. 인간의 다리는 **빠르다**. 바다는 **지칠 줄 모른다**. 죽음은 **나쁘다**. 겁쟁이의 간은 **희다**. 호메로스의 형용사구에서 용어의 선택은 고정적이다. 호메로스는 세상 만물에 그것의 가장 적절한 속성을 나타내는 고정적인 형용사를 붙여 서사적 소비를 한다. 호메로스적 방식에는 열정이 있는데, 어떤 종류의 열정인가? 보드리야르˙는 이렇게 말했다. "소비는 실체에 대한 열정이 아니라 기호에 대한 열정이다."

　스테시코로스는 이 기호의 잔잔한 표면 아래서 태어났다. 그리고 그는 그 표면을 쉼 없이 연구했다. 표면은 그에게서 멀리 기울어졌다. 그는 더 가까이 다가갔다. 표면이 멈췄다. '실체에 대한 열정'이 그 순간에 대한 훌륭한 묘사인 듯하다. 아무도 정확히 말할 수 없는 이유로, 스테시코로스는 그 걸쇠들을 벗기기 시작했다.

˙

프랑스의 철학자이자 사회학자. 현대인은 물건의 기능보다 기호를 소비한다는 주장을 펼침.

스테시코로스는 존재를 풀어주었다. 세상의 모든 실체가 표면 위로 떠올랐다. 갑자기 말馬들은 **속이 빈 발굽을 가진**에서 해방되었다. 강은 **은銀에 근원을 둔**에서, 어린아이는 **멍 없는**에서, 지옥은 **태양의 높이만큼 깊은**에서, 헤라클레스는 **시련으로 강해진**에서, 행성은 **한밤에 갇힌**에서, 불면증 환자는 **기쁨 바깥의**에서, 살해殺害는 **검음의 정수**에서 해방되었다. 일부 실체들은 더 복잡한 무엇으로 밝혀졌다. 예를 들면, 트로이의 헬레네에게는 호메로스가 사용할 당시에도 이미 오래된 것이었던 간음이라는 전통적인 형용사가 붙어 있었다. 스테시코로스가 헬레네에게서 그 형용사구의 걸쇠를 벗겨내자 엄청난 빛이 흘러나와 잠시 그의 눈을 멀게 한 것인지도 모른다. 스테시코로스가 헬레네 때문에 실명한 문제(부록 A, B 참조)는 매우 중요한데도 답을 알 수가 없는 것으로 여겨진다(부록 C 참조).

그보다 좀 더 다루기 쉬운 예가 게리온이다. 게리온은 고대 그리스 신화에 등장하는 인물의 이름이며, 스테시코로스는 그에 관해 장단단-장장장단 운율과 3부 구조로 이루어진 매우 긴 서정시를 썼다. 현재 84개의 파피루스 단편들과 여섯 개의 인용문이 남아 있으며, 표준판에서 '게리오네이스(Geryoneis, 게리온 문제)'라는 제목으로 통한다. 이 서정시는 에리테이아(Erytheia는 '빨간 곳'이라는 형용사적 의미를 지닌다)라 불리는 섬에서 마법의 빨강 소떼를 돌보며 조용히 살았던 이상한 날개가 달린 빨강 괴물에 대한 이야기이다. 어느 날 영웅 헤라클레스가 바다를 건너와서 소떼를 차지하기 위해 그를 죽인다. 이런 이야기를 하는 데는 여러 가지 방식이 있다. 헤라클레스는 중요한 그리스 영웅이었고 게리온을 제거하는 일은 헤라클레스의 '12과업' 중 하나였다. 만일 그가 관습적인 틀에 갇힌 시인이었다면 헤라클레스의 관점에서 괴물에 대한 문화의 승리를 스릴 넘치는 이야기로 엮어냈을 것이다. 하지만 현존하는 스테시코로스 시의 단편들은 게리온 자신이 경험하는 자랑스러우면서도 애석한 장면들의 단면을 감질나게 보여준다. 우리는 빨강 소년의 삶과 그의 작은 개를 본다. 소년의 어머니가 몹시 흥분해 호소하기도 하는데 그 장면은 갑자기 중단된다. 그리고 헤라클레스가 바다를 건너 접근하는 장면이 사이사이에 배치된다. 하늘의 신들이 게리온의 운명을 가리키는 장면이 빠르게 스쳐간다. 그리고 마침내 대결의 장면. 별안간 모든 게 느려지는 순간, 헤라클레스의 화살이 게리온의 머리통을 가른다. 우리는 헤라클레스가 그 유명한 몽둥이로 게리온의 작은 개를 죽이는 광경을 본다.

서두는 이 정도로 충분하다. 여러분은 스테시코로스의 걸작을 고찰함으로써 "스테시코로스가 어떤 변화를 가져왔는가?"라는 질문에 스스로 답할 수 있다. 그 작품의 중요한 단편들이 다음에 등장한다. 그 단편이 어렵게 느껴진다면 여러분만 그런 게 아니다. 세월은 스테시코로스에게 가혹했다. 그에 관한 인용문은 30행을 넘는 것이 없으며, 파피루스 단편은(여전히 발굴되고 있고 가장 최근에는 1977년 이집트 미라의 관에서 나왔다) 말해주는 것만큼 감추는 것이 많다. 고대 그리스어로 된 이 단편 모음집은 1882년 베르크를 필두로 지금까지 여러 편집자에 의해 열세 번 출간되었다. 이 모음집들은 내용이나 순서가 서로 동일한 것이 없다. 베르크는 원고의 역사는 긴 애무와도 같다고 말한다. 그렇다고 해도 〈게리오네이스〉의 단편 자체는 스테시코로스가 긴 이야기시를 쓴 후 갈기갈기 찢어서 그 쪼가리들을 노래가사, 강의 노트, 고기 부스러기들과 함께 상자 속에 묻어둔 것처럼 읽힌다. 그 쪼가리들의 번호는 그것이 상자에서 어떻게 빠져나왔는지에 대해 대략적으로 알려준다. 물론 여러분은 계속해서 상자를 흔들 수 있다. 거트루드 스타인의 말대로, "고기를 위해, 나 자신을 위해 나를 믿어라." 자, 흔들어라.

빨강 고기:
스테시코로스의 단편들[*]

═══════

I. 게리온

게리온은 괴물이었네 그의 모든 것이 빨강이었네
아침에 이불 밖으로 코를 내밀었네 빨강 코였네
그의 소매가 빨강 바람 속에서
족쇄를 끌고 다니는 빨강 풍경은 얼마나 거친지
빨강 새벽에 파고들었네 젤리 같은 게리온의
꿈

게리온의 꿈은 빨강으로 시작하여 통에서 스르르 빠져나가
돛을 타고 올라가
은빛으로 폭발하여 그의 근원에 닿았네 강아지처럼

또 다른 빨강 날의 앞에 있는 은밀한 강아지

•

이하 본문의 단편들은 실제 스테시코로스의 작품이 아니라 저자 앤 카슨
이 신화와 현대의 이야기를 넘나들며 재창작한 것임.

13

II. 한편 그가 왔네

소금 언덕들 너머로 그였네
순금으로 지은 집*에 대해 아는 그
빨강 산봉우리들 위 빨강 연기를 발견한 그

III. 게리온의 부모

너 저녁 식탁에서 마스크 쓰겠다고 고집부릴 거면
그래 잘 자라 그들은 그렇게 말하고 그를 쫓아 보냈네
저 출혈하는 계단 위 뜨겁고 메마른 품으로
찰칵찰칵 미터기 올라가는 악몽의 빨강 택시에로
올라가기 싫어요 아래층에서 책 읽고 싶어요

IV. 게리온의 죽음이 시작되다

게리온은 그의 빨강 마음 끝까지 걸어가 싫다고 대답했네
그건 살인이니까 그리고 쓰러진 소떼를 보고는 가슴이 찢
어졌네

<hr>

*

〈게리오네이스〉에서 스테시코로스는 헤라의 황금사과를 지키는 여신들인
헤스페리데스가 순금의 집을 가지고 에리테이아 섬에 살았다고 여겼음.

내 사랑하는 소들을 모두 게리온이 말했네 이제 내 차례야

V. 게리온의 뒤집을 수 있는 운명

그의 어머니는 그걸 보았네 어머니들이 그렇듯
나를 믿어라 어머니가 말했네 그의 마음을 녹이는 기술자
지금 당장 결정할 필요 없어
어머니의 빨간 오른쪽 뺨 뒤로 게리온은 보았네
달아오르기 시작하는 열판의 코일을

VI. 한편 하늘에서는

아테나가 유리 바닥 배에서
아래를 내려다보며 가리켰네
제우스가 그를 보았네

VII. 게리온의 주말

나중에 한참 뒤에 그들은 술집을 떠나 켄타우로스의 집으
로 돌아갔네
켄타우로스는 포도주 3갤런이 들어가는 해골로 만든 잔을
갖고 있었네
그걸 들고 그는 마셨네 이리 와 혼자 오기 두려우면
네 잔을 들고 와도 돼 켄타우로스는
소파 옆자리를 툭툭 쳤네 불그스름하고 노란 작은 동물이
벌은 아닌 것이 게리온의 척추 안쪽을 타고 올라왔네

VIII. 게리온의 아버지

조용한 뿌리도 소리 지르는 법을 알 수 있지 그는
말을 빨아들이는 걸 좋아했네 여기 전능한 존재가 있다
그는 말했네
문간에서 며칠을 서 있은 후에
'밤목화코웃음'

IX. 게리온의 전쟁 기록

게리온은 귀를 막고 땅에 누워 있네 말馬들의
소리 산 채로 불타는 장미들 같네

X. 학교 교육

당시엔 경찰이 약하고 가족이 강했네
첫날 게리온의 어머니는 아들의 손을 잡고 학교로
데려갔네 어머니는 아들의 작은 빨강 날개를 단정히 모아주고
교문 안으로 밀어 넣었네

XI. 맞아

자기가 괴물이라고 생각하는 어린 소년들이 많을까?
하지만 내 경우엔 맞아 게리온이 개에게 말했네
그들은 절벽 위에 앉아 있었네 개가 그를 기쁘게
바라보았네

XII. 날개

긁힌 3월 하늘에서 내려
눈먼 대서양의 아침으로 빠져드네 작은
빨강 개 한 마리 저 아래 해변을 달리네
자유를 얻은 그림자처럼

XIII. 헤라클레스의 살인적인 몽둥이

작은 빨강 개는 그걸 보지 못했네 그는 그걸 느꼈네 두 수를
더할 때 자리 올림수는 1뿐

XIV. 헤라클레스의 화살

화살은 죽음을 의미하네 그것은 머리빗처럼 게리온의
두개골을 갈라
그 소년의 목을 옆으로 천천히 묘한 각도로 기울게 만들었네
양귀비가 알몸 산들바람의 채찍질에 부끄러워할 때처럼

XV. 게리온에 대해 아는 모든 것들

그는 번개를 사랑했네 그는 섬에 살았네 그의 어머니는
바다로 흐르는 강의 님프 그의 아버지는 금으로 된
자르는 도구* 옛 고전의 주석이 말하고 스테시코로스가
말하기를
게리온은 여섯 개의 손 여섯 개의 발 그리고 날개를 가졌다네
그는 빨강이었다네 그의 이상한 빨강 소떼는 질투심을
자극했다네 헤라클레스가 와서
그를 죽였네 그의 소떼 때문에

개마저도

XVI. 게리온의 종말

빨강 세상과 그에 상응하는 빨강 산들바람은
계속되었네 게리온은 그렇지 않았네

*
게리온의 어머니 이름은 '아름다운 흐름'이라는 뜻의 칼리로에, 아버지
는 '황금 검'이라는 뜻으로 메두사와 포세이돈의 아들인 크리사오르.

부록A

=====

스테시코로스가 헬레네 때문에
실명한 문제에 대한 증거들

《수이다스》*에 실린 palinodia의 뜻: '대조적인 노래' 또는 '자신이 전에 말한 것에 대해 반대로 말하는 것.' 예 스테시코로스는 헬레네를 비방하는 글을 써서 눈이 멀었지만 다시 그녀에 대한 찬사를 써서 시력을 회복했다. 그 찬사는 꿈에서 나왔으며 'The Palinode(철회의 시)'라고 불린다.

이소크라테스**의 〈헬레네〉 64장: 헬레네는 자신의 힘을 증명할 방법을 모색하다가 시인 스테시코로스를 본보기로 삼았다. 그가 다소 모독적인 말로 〈헬레네〉라는 시를 시작한 까닭이다. 시를 쓰고 일어난 스테시코로스는 시력을 빼앗겼음을 알아차렸다. 즉각 그 이유를 깨달은 그는 이른바 '철회의 시'를 썼고 헬레네는 시인의 눈을 되돌려주었다.

* 10세기 편찬된 고대 그리스에 관한 백과사전.

** 고대 그리스의 철학자이자 변론가.

플라톤의 〈파이드로스〉 243a편: 신화에는 죄인을 정죄하는 법이 등장하는데, 호메로스는 그걸 알지 못했지만 스테시코로스는 달랐다. 스테시코로스는 헬레네를 비방한 죄로 눈이 멀자 (호메로스처럼) 어리둥절해서 멍하니 서 있지 않았다. 그 반대였다. 스테시코로스는 영리했다. 그는 원인을 깨닫고 즉시 앉아서 '철회의 시'를 쓰기 시작했으며……

부록B

====

스테시코로스의 철회의 시
스테시코로스 지음 (《그리스 서정시인》• 중 단편 192)

아니 그건 진실이 아니로다.

아니 그대는 갤리선에 탄 적이 없도다.

아니 그대는 트로이의 탑에 간 적이 없도다.

•

POETAE MELICI GRAECI, 데니스 페이지 편집, 옥스퍼드 대학교 출판
사, 1962년

부록C

스테시코로스가 헬레네 때문에
실명한 문제에 대한 정리

1. 스테시코로스는 눈이 멀었는가, 아닌가.

2. 만일 스테시코로스가 눈이 멀었다면 그의 실명은 일시적
이었는가, 영구적이었는가.

3. 만일 스테시코로스의 실명이 일시적 상태였다면 이 상태
를 야기한 원인이 있었는가, 없었는가.

4. 이 상태를 야기한 원인이 있었다면 그 원인은 헬레네였는
가, 헬레네가 아니었는가.

5. 만일 그 원인이 헬레네였다면 헬레네에게는 그럴 만한 이
유가 있었는가, 없었는가.

6. 만일 헬레네에게 그럴 만한 이유가 있었다면 그 이유는 스테시코로스의 발언에서 유발되었는가, 아닌가.

7. 만일 헬레네의 이유가 스테시코로스의 발언에서 유발되었다면 그 발언은 헬레네의 간통(그 불미스러운 여파인 트로이의 함락까지는 아니더라도)에 대한 강한 비판이었는가, 아닌가.

8. 만일 헬레네의 간통(그 불미스러운 여파인 트로이의 함락까지는 아니더라도)에 대한 강한 비판이었다면 이 비판은 거짓이었는가, 아닌가.

9. 만일 그것이 거짓이 아니고, 우리가 이제 거꾸로 방향을 돌려 추론을 계속한다면 스테시코로스의 실명 문제의 시작으로 돌아갈 것 같은가, 아닌가.

10. 만일 이제 우리가 거꾸로 방향을 돌려 추론을 계속하여 스테시코로스의 실명 문제의 시작으로 돌아갈 것 같다면 우리는 아무 사건 없이 나아갈 것인가, 아니면 되돌아가는 길에 스테시코로스를 만나게 될 것인가.

11. 만일 우리가 되돌아가는 길에 스테시코로스를 만난다면

우리는 조용히 침묵을 지킬 것인가, 아니면 그의 눈을 똑바로 보면서 헬레네에 대해 어떻게 생각하는지 묻게 될 것인가.

12. 만일 우리가 스테시코로스의 눈을 똑바로 보면서 헬레네에 대해 어떻게 생각하는지 묻는다면 그는 진실을 말할 것인가, 아니면 거짓을 말할 것인가.

13. 만일 스테시코로스가 거짓을 말한다면 우리는 그가 거짓을 말하고 있음을 즉각 알아차릴 것인가, 아니면 우리가 거꾸로 방향을 돌리는 바람에 전체 풍경이 거꾸로 보여서 그의 거짓에 속게 될 것인가.

14. 만일 우리가 거꾸로 방향을 돌리는 바람에 전체 풍경이 거꾸로 보여서 그의 거짓에 속는다면 우리는 수중에 동전 한 푼 없음을 깨달을 것인가, 아니면 헬레네에게 전화를 걸어 희소식을 전하게 될 것인가.

15. 만일 우리가 헬레네에게 전화를 건다면 그녀는 베르무트 잔을 들고 앉아서 전화벨이 울리도록 내버려둘 것인가, 아니면 전화를 받을 것인가.

16. 만일 그녀가 전화를 받는다면 우리는 (흔한 말로) 긁어 부스럼을 만들지 않을 것인가, 아니면 스테시코로스에게 수화기를 건네줄 것인가.

17. 만일 우리가 스테시코로스에게 수화기를 건네준다면 그는 헬레네의 외도에 대한 진실을 전보다 더 분명히 알게 되었다고 주장할 것인가, 아니면 자신이 거짓말쟁이라고 인정할 것인가.

18. 만일 스테시코로스가 자신이 거짓말쟁이라는 걸 인정한 다면 우리는 군중 속으로 사라질 것인가, 아니면 남아서 헬레네의 반응을 지켜볼 것인가.

19. 우리가 남아서 헬레네의 반응을 지켜본다면 우리는 그녀의 변론 능력에 유쾌한 놀라움을 느낄 것인가, 아니면 경찰에 잡혀가 심문을 받게 될 것인가.

20. 우리가 경찰에 잡혀가 심문을 받는다면 우리는 (목격자로서) 스테시코로스가 눈이 멀었는지 아닌지의 문제에 대해 분명하게 밝혀야만 하는가, 아닌가.

21. 만일 스테시코로스가 눈이 멀었다면 우리는 거짓말을 할
    것인가, 만일 그렇지 않다면 거짓말을 하지 않을 것인가.

빨강의
자서전

로 맨 스

과묵한 화산은
결코 잠들지 않는 계획을 품고
변덕스러운 인간에게
그 분홍빛 계획들 털어놓지 않네.

자연은 여호와가 해준 이야기를
말하려 하지 않는데
인간은 듣는 이 없이는
살아남을 수 없단 말인가?

모든 수다쟁이는
자연의 꽉 다문 입술이 전하는 훈계를 들으라.
인간이 지키는 비밀은 단 하나
불멸뿐.

에밀리 디킨슨
(작품 번호 1748)

I. 정의

게리온은 일찌감치 형에게서 정의에 대해 배웠다.

———————

그들은 학교에 함께 다녔다. 게리온의 형은 게리온보다 더
크고 나이도 많았으며,

앞에서 걸었고

가끔 갑자기 달리거나 한쪽 무릎을 꿇고 돌을 집었다.

돌은 우리 형을 행복하게 해주지,

게리온은 그렇게 생각하면서 잰걸음으로 뒤따라가며 돌을
보았다.

너무도 많은 갖가지 돌들,

차분하고 불가사의한 모습으로 빨간 흙 위에 나란히 놓여
있었다.

걸음을 멈추고 그 돌 하나하나의 삶을 상상한다는 건!

이제 그 돌들은 행복한 인간의 팔을 떠나 허공을 가르며
날아가고 있다,

돌의 운명이란. 게리온은 서둘러 걸었다.

학교 운동장에 도착했다. 그는 자신의 발과 걸음에만 집중하고 있었다.

아이들이 주위로 몰려들었고

견딜 수 없는 풀의 빨간 공격과 사방의 풀 냄새가 마치 강력한 바다처럼

그를 끌어당겼다.

게리온은 자신의 두 눈이 작은 연결 근육 위에서 두개골 바깥으로 쏠리는 걸

느낄 수 있었다.

문까지 가야만 했다. 형을 따라가야만 했다.

그 두 가지.

학교는 남북의 축을 따라 길게 이어진 벽돌 건물이었다. 남쪽 축: 정문.

모든 남학생, 여학생은 이 문으로 들어와야 한다.

북쪽 축: 유치원, 크고 둥근 창들이 숲을 바라보고 있고 키 큰 크랜베리 울타리에 둘러싸여 있다.

정문과 유치원 사이에는 긴 복도가 있었다. 게리온에게 그 복도는

거인들이 굉음을 내며 열어놓은

실내 네온 하늘 아래 천둥 치는 십만 마일의 터널이었다.

등교 첫날 게리온은 어머니의 손을 잡고

이 생경한 지역을 통과했다. 그다음엔 그의 형이

날마다 그 임무를 수행했다.

그러나 9월이 지나고 10월이 되면서 게리온의 형은 불안감

이 커져갔다.

게리온은 원래 멍청했지만

요즘엔 눈빛이 사람 기분을 묘하게 만들었다.

딱 한 번만 더 데려다줘 이번엔 해낼 거야,

게리온은 그렇게 말하곤 했다. 끔찍한 구멍 같은 눈.

멍청이, 게리온의 형은 그렇게 말하고 가버렸다.

게리온은 멍청이라는 말에 이의가 없었다. 하지만 정의가

실현되면

세상은 무너진다.

그는 자신의 작은 빨강 그림자 위에 서서 이제 어떻게 할지

생각했다.

정문이 앞에 솟아 있었다. 어쩌면—

게리온은 앞쪽을 뚫어지게 응시하며 마음속 불길을 헤치고

지도가 있어야 하는 곳으로 나아갔다.

학교 복도의 지도 대신 빨갛게 달아오른 깊은 여백이 놓여

있었다.

게리온은 온통 분노에 휩싸였다.

여백에 불이 붙었고 모조리 타버렸다. 게리온은 달렸다.

그 후로 게리온은 혼자 학교에 갔다.

그는 정문에 접근조차 하지 않았다. 정의는 순수하다. 그는
긴 벽돌 측벽을 돌고,

7학년, 4학년, 2학년, 남자화장실 창문을 지나

학교 북쪽 끝으로 가서

유치원 밖 수풀 속에 자리했다. 그는 거기 서 있었다.

꼼짝도 하지 않고.

안에서 누가 보고 나와서 길을 알려줄 때까지.

그는 손짓을 하지 않았다.

유리창을 두드리지도 않았다. 그냥 기다렸다. 작고 빨갛고
꼿꼿한 모습으로 기다리며,

한 손으로는 새 책가방을 꼭 잡고

남은 손으로 코트 주머니 속 행운의 동전을 만지작거렸다.

그사이 겨울의 첫눈이

그의 속눈썹 위로 너울거리며 떨어지고 주위에 있는 나뭇
가지들을 덮고

세상의 모든 흔적을 지웠다.

II. 각각

꿀맛 같은 단잠.

―――――

게리온은 어렸을 때 잠자는 걸 좋아했는데 잠에서 깨는 건
더 좋아했다.

그는 잠옷 바람으로 밖으로 달려 나가곤 했다.

거센 아침 바람이 하늘을 향해 생명의 화살을 날려 보냈
고 각각의 화살은

각각의 세상을 시작할 수 있을 만큼 파랬다.

각각*each*이라는 단어가 그에게로 날아와 바람 속에 흩어졌
다. 게리온에겐

늘 그게 문제였다. 각각 같은 단어를

똑바로 응시하면 그 단어는 한 글자 한 글자 해체되어 사
라져버렸다.

그 의미를 위한 공간은 남아 있었지만 비어 있었다.

글자들은 근처 나뭇가지나 가구에 걸려 있었다.

'각각'이 무슨 뜻이에요?

게리온은 어머니에게 물어보았다. 어머니는 그에게 거짓
말을 한 적이 없었다. 어머니가 뜻을 말해주면

그 단어는 사라지지 않을 터였다.

어머니가 대답했다. '각각'이란 너와 형이 각각 자기 방을
갖고 있는 것과 같은 거란다.

그는 이 강한 단어 각각의 옷을 입었다.

학교에서 칠판에 빨강 분필로 (완벽하게) 이 단어의 철자를
썼다.

게리온은 자신이 아는 *beach*, *screach*˙ 같은 다른 단어들
을 가만히 생각해보기도 했다. 그러다 게리온은

형의 방으로 옮겨 가게 되었다.

그건 우연의 결과였다. 게리온의 할머니가 게리온의 집에
다니러 왔다가 버스에서 떨어졌다.

병원에서 커다란 은색 핀으로

할머니의 몸을 고정시켰다. 할머니는 수개월 동안 그 핀과
함께 게리온의 방에 꼼짝 않고 누워 있어야 했다.

그렇게 게리온의 밤 생활이 시작되었다.

그전에 게리온은 밤을 살아본 적이 없었고 낮만을, 그리고
낮과 낮 사이의 빨강 막간만을 살아왔다.

형 방에서 나는 냄새 무슨 냄새야? 게리온이 물었다.

게리온과 형은 어둠 속에서 이층침대에 누워 있었고 게리

˙
이 두 단어에는 'each'가 들어가며 'screach'의 철자 오류는 게리온이
잘못 알고 있는 것으로 보임.

온이 위에 있었다.

게리온이 팔이나 다리를 움직이면

밑에서 두껍고 깨끗한 붕대처럼 그를 감싼 침대 스프링이
핑 슉 슉 핑 기분 좋은 소리를 냈다.

내 방에선 냄새 안 나, 형이 말했다. 형 양말 냄새거나,

아니면 개구리 냄새,

형 개구리 들여놨어? 게리온이 말했다. 여기서 냄새나는
건 게리온 너야.

게리온은 가만히 있었다.

그는 사실을 존중했고 어쩌면 그 말이 사실인지도 모르니까.

그런데 밑에서 다른 소리가 들렸다.

슉 슉 핑 핑 핑 핑 핑 핑 핑 핑 핑 핑 핑

핑 핑 핑 핑 핑 핑 핑 핑 핑.

게리온의 형은 거의 매일 밤 잠들기 전에 수음을 했다.

형 왜 고추를 만져?

게리온이 물었다. 상관 말고 네 거나 보자. 형이 말했다.

싫어.

넌 없지? 게리온은 확인해보았다. 아냐, 있어.

넌 너무 못생겨서 분명 고추가 떨어졌을 거야.

게리온은 침묵을 지켰다. 그는 사실과 형제의 증오는 다르
다는 걸 알았다.

네 거 보여줘

내가 좋은 거 줄 테니, 형이 말했다.

싫어.

내 고양이 눈 구슬 하나 줄게.

안 줄 거면서.

준다니까.

형 말 안 믿어.

약속할게.

게리온은 고양이 눈 구슬이 몹시 탐났다. 그는 형과 형 친구들과 지하실 바닥에

차가운 무릎을 꿇고

구슬치기를 할 때 고양이 눈 구슬을 따본 적이 없었다.

고양이 눈 구슬은

쇠구슬로만 이길 수 있다. 그래서 그들은 고양이 눈 구슬을 위한 성의 경제학을 개발했다.

형은 고추 만지는 걸 좋아해, 게리온은 생각했다.

엄마한테 말하지 마. 형이 말했다.

타락한 루비빛 밤으로의 항해는 자유와 나쁜 논리의 싸움이 되었다.

하자 게리온.

싫어.

넌 나한테 빚졌어.

아냐.

난 네가 싫어. 상관없어. 엄마한테 말한다. 무슨 말?

학교에서 아무도 너 안 좋아하는 거.

게리온은 잠자코 있었다. 어둠 속에서는 사실들이 더 크게
다가온다. 그럴 때면 그가

아래층 침대로 내려가

형이 하고 싶은 대로 하게 하거나, 자신의 침대 매트리스

가장자리에 얼굴을 대고

차가운 발가락으로 아래층 침대에서 균형을 잡으며 매달려
있었다. 일이 끝난 후

형의 목소리는 무척 다정했다.

착하다 게리온 내일 수영 데려갈게 알았지?

게리온은 자신의 침대로 기어 올라가,

잠옷 바지를 끌어 올리고 똑바로 눕곤 했다. 약해져가는 빨
강 맥박의 환상적인 열기 속에 똑바로 누워서

외적인 것과 내적인 것의 차이에 대해 생각했다.

내적인 것은 내 거야, 그는 생각했다. 이튿날 게리온과 형은
해변으로 갔다.

그들은 수영을 하고 트림 연습을 하고 담요에 앉아 잼과 모
래가 묻은 샌드위치를 먹었다.

게리온의 형이 미국 달러 지폐를 주워서

게리온에게 주었다. 게리온은 낡은 전투 헬멧 조각을 주워
서 감췄다.

그날은

그가 자서전을 쓰기 시작한 날이기도 했다. 게리온은 이 작
품에 내적인 모든 것들을

특히 자신의 영웅적 자질과

공동체에 큰 절망을 안겨줄 이른 죽음에 대해 썼다.

외적인 것들은 멋지게 생략했다.

III. 모조 다이아몬드

게리온은 똑바로 앉아서 재빨리 두 손을 식탁 아래로 넣었
지만 들키고 말았다.

————

뜯지 마 게리온 그러다 덧난다. 상처가 나을 때까지 그냥
내버려둬,
어머니가 모조 다이아몬드를 번쩍거리며
문을 향해 가면서 말했다. 그녀는 이날 저녁 가슴을 다 드
러내고 있었다.
게리온은 놀란 눈으로 바라보았다.
어머니는 무척이나 용감해 보였다. 게리온은 어머니를 영
원히 바라볼 수도 있었다.
하지만 어머니는 문을 열고 나가버렸다.
게리온은 주방 벽이 수축하면서 공기가 소용돌이치며
어머니를 뒤따라가는 듯한 느낌을 받았다.
그는 숨을 쉴 수가 없었다. 울어선 안 된다는 걸 알았다.
그리고 문 닫히는 소리를

듣지 말아야 한다는 것도 알았다. 그래서 내면세계에 집중했다.

바로 그때 형이 주방으로 들어왔다.

레슬링 할래? 형이 물었다.

아니, 게리온이 대답했다.

왜? 그냥. 야, 하자. 형이 식탁에서 빈 주석 과일 그릇을 집어

게리온의 머리에 씌웠다.

지금 몇 시야?

게리온의 목소리는 과일 그릇에 막혀 조그맣게 들렸다. 말해줄 수 없어, 형이 대꾸했다.

제발.

네 눈으로 봐. 그러기 싫어. 그럴 수 없는 거겠지.

과일 그릇은 침묵했다.

넌 하도 멍청해서 시계도 못 보잖아 안 그래? 너 도대체 몇 살이냐? 순 얼간이.

너 신발끈은 맬 수 있냐?

과일 그릇은 가만히 있었다. 사실 게리온은 매듭은 지을 수 있었지만 나비매듭은 못 맸다.

그는 그 차이를 무시하기로 했다.

응.

형이 갑자기 게리온의 뒤로 가서 목을 잡았다.

이건 '조용한 죽음의 잡기' 기술이다.

게리온, 전쟁에서 보초병들을 해치울 때 쓰는 기술이지. 한 번의 기습 비틀기면

네 목을 부러뜨릴 수 있어.

베이비시터가 다가오는 소리가 들리자 게리온의 형은 재빨리 물러났다.

게리온은 또 골난 거야?

베이비시터가 주방으로 들어오며 물었다. 아뇨. 과일 그릇이 대답했다.

게리온은 정말이지

베이비시터의 목소리를 듣고 싶지 않았다. 아니, 그녀를 아예

몰랐다면 더 좋았겠지만

그녀에게서 정보 하나를 얻어내야 했다.

지금 몇 시예요?

그는 자신이 그렇게 묻는 소리를 들었다. 8시 15분 전. 그녀가 대답했다. 엄마는 언제 집에 와요?

오, 몇 시간 있다가,

아마 열한 시쯤. 그 소식에 게리온은 주방의 모든 것들이

자신에게서 멀어져

세상 끝으로 날아가는 것만 같았다. 한편 베이비시터가 말을 이었다.

게리온, 잠자리에 들 준비 하는 게 좋겠다.

그녀는 게리온의 머리에서 과일 그릇을 벗기고 싱크대로 갔다.

침대에서 책 읽어줄까?

엄마가 그러시는데 너 쉽게 잠들지 못한다며. 무슨 책 읽어줄까?

글자 조각들이 바람에 날리는 재처럼 게리온의 뇌를

스치고 지나갔다. 그는 베이비시터의 목소리가 책 읽어주는 걸 들어야 한다는 사실을 알았다.

이제 그녀는 게리온 앞에 서서

딱딱한 미소를 지으며 아이의 얼굴을 샅샅이 살피고 있었다. 아비새 책 읽어주세요, 그가 말했다.

거기엔 글이 없었다.

아비새 책은 아비새를 부르는 매뉴얼이었다. 최소한 그 책은 베이비시터의 목소리가

어머니의 몫인 글 읽는 걸 막을 수 있었다. 베이비시터는 행복한 마음으로

아비새 책을 찾으러 갔다.

잠시 후 베이비시터와 게리온이 이층침대에 앉아 아비새를

부르고 있는데

　게리온의 형이 파도처럼 밀려 들어와

　아래 침대에 몸을 던지는 바람에 모두가 천장까지 튀어 올
랐다.

　게리온은 뒤로 물러나

　무릎을 끌어안고 벽에 기대앉았다. 형의 머리가 나타나더니,

　이어 나머지 몸도 나타났다.

　형은 게리온 옆으로 기어 올라왔다. 형은 굵은 고무줄을

　엄지와 검지로 팽팽하게 잡아당겨서

　게리온의 다리에 대고 튕겼다. 넌 제일 좋아하는 무기가

뭐냐?

　난 새총 피옹―

　그는 다시 게리온의 다리에 고무줄을 튕겼다―새총 기습

공격으로

　도시 전체를 쓸어버릴 수도 있어 피옹―

　다 죽어 아니면 알렉산드로스 대왕처럼 소이탄을 쏘는 거야

　알렉산드로스 대왕이

　새총을 발명했어 피옹―그만해.

　베이비시터가 말했다.

　그녀는 고무줄을 잡으려고 손을 뻗었지만 놓치고 말았다.

콧등의 안경을 밀어 올리며

그녀가 말했다. *거랏garotte.*

난 거랏이 제일 좋아. 깨끗하고 깔끔하거든. 이탈리아에서 발명했을 거야.

이름은 프랑스어지만.

거랏이 뭐예요? 게리온의 형이 물었다. 베이비시터가 형의 엄지에서 고무줄을 빼서

자신의 셔츠 주머니에 넣으며 대답했다.

보통 실크로 만드는 짧은 끈인데 한쪽 끝에 풀매듭을 지어놨어. 그걸 뒤에서

사람 목에 감고

힘껏 잡아당기는 거야. 그럼 숨통이 끊어져. 빠르면서도 고통스러운 죽음이지.

소음도 없고 피도 없고

작아서 주머니에 넣어도 표가 안 나. 열차 살인자들이 쓰는 거야.

게리온의 형은 한쪽 눈을 감고 그녀를 응시했는데 그게 그가 집중하는 방식이었다.

넌 어때, 게리온,

네가 제일 좋아하는 무기는 뭐야? 우리*cage.* 게리온이 무릎을 껴안고 대답했다.

우리? 그의 형이 말했다.

이 멍청아 우리는 무기가 아냐. 무기가 되려면 뭔가를 해야 해.

적을 파괴해야 한다고.

바로 그때 아래층에서 요란한 소리가 들려왔다. 게리온의 가슴에서 불길이 솟구쳤다.

그는 바닥으로 뛰어내려 밖으로 달려갔다. 엄마!

IV. 화요일

화요일이 제일 좋았다.

―――――

겨울이 되면 게리온의 아버지와 형은 매달 두 번째 화요일
에 하키 연습을 하러 갔다.

게리온은 어머니와 단둘이 저녁을 먹었다.

밤이 서서히 밀려들 때 그들은 서로 마주 보며 빙긋 웃었
다. 집 안의 안 쓰는 방들까지

전부 불을 켜놓았다.

게리온의 어머니는 그들이 제일 좋아하는 요리를 만들었
다. 복숭아 통조림과

소스에 찍어 먹기 좋도록 손가락 크기로 자른 토스트.

토스트에 버터를 잔뜩 발라놔서 복숭아 주스에 살짝 기름
이 떠다녔다.

그들은 식사를 쟁반에 담아 들고 거실로 갔다.

게리온의 어머니는 잡지들과 담배, 전화기가 놓인 양탄자
에 앉았다.

게리온은 어머니 옆 램프 아래에서 작업을 했다.

그는 토마토에 풀로 담배를 붙이고 있었다. 게리온 입술 뜯지 마 저절로 낫게 둬.

어머니는 콧구멍으로 담배연기를 내뿜으며

전화를 걸었다. 마리아? 나야 지금 통화할 수 있어? 그가 뭐라고 했어?

. . . .

그게 다야?

. . . .

개자식

. . . .

그건 자유가 아냐 무관심이지

. . . .

중독자라니까

. . . .

나라면 그런 인간 내쫓아버릴 거야

. . . .

드라마구나—어머니는 담배를 거칠게 비벼 껐다—기분 풀리게 목욕이나 하지그래

. . . .

그래 이제 상관없다는 거 알아

· · · ·

게리온? 잘 있어 지금 여기서 자서전 작업하고 있어

· · · ·

아니 만들기야 아직 글씨 쓸 줄 몰라

· · · ·

아 이것저것 밖에서 주워오는 걸로 게리온은 늘 뭘 주워
오지

안 그러니 게리온?

어머니는 수화기를 들고 게리온을 보며 윙크했다. 게리온
은 두 눈으로 윙크하고는

다시 작업에 열중했다.

그는 어머니 지갑에서 빳빳한 종이를 찾아내 머리카락으로
쓰려고 잘게 찢은 후

그것들을 토마토 위에 붙였다.

집 밖에서는 검은 1월의 바람이 하늘 꼭대기에서 평평해지
며 내려와

창문을 거세게 때렸다.

램프가 확 타올랐다. 아름답구나 게리온. 어머니가 전화를
끊으며 말했다.

아름다운 작품이야.

어머니는 아들의 작고 빛나는 두개골 꼭대기에 손을 얹고

토마토를 자세히 살펴보았다.

그러곤 고개를 숙여 아들의 양쪽 눈에

한 번씩 입을 맞추고 쟁반에서 자신의 복숭아 그릇을 집어 아들에게 건넸다.

다음엔 말이야

머리칼로 10달러 지폐 대신 1달러짜리를 쓰는 것도 좋겠구나. 식사를 시작하며 어머니가 말했다.

V. 망사문

어머니는 다리미판 앞에 서서 담뱃불을 붙이며 게리온을
응시했다.

———————

바깥의 어두운 분홍빛 공기는

벌써 뜨거웠고 외침 소리들로 활기가 넘쳤다. 학교 갈 시
간이야. 어머니가 세 번째로 말했다.

어머니의 서늘한 목소리가

깨끗한 마른행주 더미를 넘고 그림자 진 주방을 지나 망사
문 앞에 서 있는

게리온에게로 날아왔다.

그는 마흔이 넘었을 때 자신의 얼굴을 누르던 격자무늬 망
사문의 먼지 낀 냄새

그 케케묵은 냄새를 기억할 것이다.

이제 어머니는 그의 뒤에 있었다. 네가 약한 아이라면

힘든 일이겠지만

넌 약하지 않아. 어머니는 그렇게 말하고는 그의 작은 빨

강 날개를 가다듬어준 후
그를 문 밖으로 떠밀었다.

VI. 아이디어들

마침내 게리온은 글을 쓸 줄 알게 되었다.

————

어머니의 친구 마리아가 일본에서 사온
형광빛 표지의 노트를 주었다.
게리온은 표지에 '자서전'이라고 썼다. 안에는 사실들을 적
었다.

　　게리온에 대해 알려진 모든 사실.
　　게리온은 괴물이었고 그의 모든 것이 빨강이었다.
　　게리온은 빨간 곳이라고 불리는 대서양의 한 섬에
　　살았다. 게리온의 어머니는 바다를 향해 흐르는 빨
　　간 기쁨의 강이었다. 게리온의 아버지는 금이었다.
　　어떤 사람들은 게리온이 여섯 개의 손과 여섯 개의
　　발을 갖고 있었다고 하고 어떤 사람들은 그에게 날
　　개가 있었다고 한다. 게리온은 빨강이었고 그의 이
　　상한 소떼도 빨강이었다. 어느 날 헤라클레스가 와

서 게리온을 죽이고 소떼를 차지했다.

게리온은 질문과 응답으로 사실들을 따라갔다.

질문 헤라클레스는 왜 게리온을 죽였나?
1. 그냥 폭력적이어서.
2. 그것이 헤라클레스의 과업 중 하나라서
   (10번째 과업).
3. 게리온이 '죽음'이라 자신이 죽이지 않으면
   영원히 살 수 있을 거라고 믿어서.

결국
게리온에게는 작은 빨강 개가 있었는데
헤라클레스는 그 개도 죽였다.

게리온은 어디서 그런 아이디어를 얻지요? 선생님이 물
었다. 학부모 면담일이었다.
그들은 조그만 책상에 나란히 앉아 있었다.
게리온은 어머니가 혀에서 담배 파편을 떼어낸 후 말하는
걸 지켜보았다.
게리온이 해피엔딩으로 글을 쓴 적이 있나요?

게리온은 행동을 멈췄다.

그러곤 팔을 뻗어 선생님 손에서 작문 종이를

조심스럽게 빼앗았다.

그는 교실 뒤편으로 가서 늘 앉던 책상에 앉아 연필을 꺼

냈다.

새로운 결말.

온 세상에 아름다운 빨강 바람들이 계속해서

불었다 손에 손잡고.

VII. 잔돈

게리온은 그럭저럭 사춘기에 이르렀다.

―――――

그리고 그는 헤라클레스를 만나게 되었고 삶의 세계는 몇
눈금 하강했다.
그들은 수족관 밑바닥에 있는
두 마리 우월한 뱀장어들이었고 이탤릭체처럼 서로를 알아
보았다.
게리온은 어느 금요일 새벽 세 시경
집에 전화를 걸기 위해 잔돈을 바꾸려고 버스터미널로 들
어갔다. 헤라클레스는
뉴멕시코에서 온 버스에서 내렸고 게리온은
승강장 모퉁이를 빠르게 돌아왔다. 그리고 실명失明과
반대되는 순간이 찾아왔다.
세상이 요동치며 두 사람의 눈과 눈 사이를 한두 번 오갔
다. 헤라클레스가
버스 승강 계단 맨 아래에 서서

한 손에는 여행가방을 들고 나머지 손으로는 셔츠를 바지
속으로 집어넣는 사이

뉴멕시코에서 온 버스에서 내리려는 승객들이

그의 뒤로 밀려들고 있었다. 1달러 바꿔줄 잔돈 있어요?

게리온은 자신이 말하는 소리를 들었다.

아니. 헤라클레스는 게리온을 똑바로 응시했다. 내가 25센
트 그냥 줄게.

왜 그냥 주는데?

난 친절의 가치를 믿거든. 몇 시간 후 그들은

철길로 내려가서

선로전환기 불빛 옆에 서로 가까이 서 있었다. 머리 위에서
거대한 밤이

어둠방울을 흩뿌리며 지나갔다.

너 춥구나. 헤라클레스가 불쑥 말했다. 손이 차가워. 자.
그는 게리온의 두 손을

자신의 셔츠 속으로 넣었다.

VIII. 찰칵

요새 너랑 날마다 어울려 다니는 새로 온 그 아이는 누구니?
——————

게리온의 어머니는 돌아서서 싱크대에 담뱃재를 떤 다음 다시 게리온을 보았다.

게리온은 식탁에 앉아

카메라를 코앞에 놓고 초점을 맞추고 있었다. 그는 대답하지 않았다.

요즘 게리온은 말을 포기했다.

어머니가 말을 이었다. 학교에 안 다니는 아이라고 들었는데, 나이가 많니?

게리온은 어머니의 목에 카메라 초점을 맞췄다.

이 근방에서는 아무도 그 아이를 못 봤다는데, 그 아이가 트레일러촌에 사는 게 맞니?

너 밤에 거기 가는 거야?

게리온은 카메라 초점링을 3미터에서 3.5미터로 바꿨다.

내가 계속 얘기하다가

똑똑한 얘기가 나오면 그걸 사진으로 찍으면 되겠구나.
어머니는 담배를 빨아들였다.

  난 밤에만 돌아다니는 사람들을

  신뢰하지 않는다. 어머니가 담배연기를 내뿜었다. 하지만
넌 믿어. 난 밤에 침대에 누워

  너에게 왜 실용적인 걸 가르치지 않았는지

  후회한단다. 글쎄—어머니는 마지막으로 담배를 빨았다
—어쩌면 네가 섹스에 대해

  나보다 많이 알지도 모르지.

  그러고는 담뱃불을 끄려고 싱크대로 몸을 돌리는데 게리온
이 찰칵 셔터를 눌렀다.

  어머니가 희미한 웃음을 흘렸다.

  게리온은 어머니의 입에 다시 초점을 맞췄다. 어머니는 싱
크대에 기대어

  몇 분 동안 조용히

  카메라 렌즈를 내려다보았다. 재밌구나. 네가 아기였을 때
불면증이 있었는데

  기억나니? 밤에 네 방에 들어가 보면 넌 아기침대에

  똑바로 누워 있었어.

  눈을 크게 뜨고 어둠 속을 바라보면서 말이야. 울지도 않
고 그러고 있었지.

그렇게 몇 시간이나 누워 있다가도

TV 방으로 데려가면 5분 안에 잠이 들었어. 게리온의 카메라가

왼쪽으로 돌아갔고

형이 주방으로 들어왔다. 시내에 가는데 같이 갈래?

돈 가져와 —

망사문을 쾅 닫고 나가는 형의 등 뒤로 그 말들이 떨어졌다.

게리온은 천천히 일어나,

셔터릴리스를 닫고 카메라를 재킷 주머니에 넣었다. 렌즈 뚜껑 챙겼니?

그가 어머니를 지나쳐갈 때 어머니가 물었다.

IX. 공간과 시간

다른 인간과 대립함으로써 자신의 행위들이 명확해진다.
———————

게리온은 자신이 놀라웠다. 그는 이제 거의 매일 헤라클레
스를 만났다.
둘이 나누는 자연의 순간이
그의 세계를 마지막 한 방울까지 고갈시켜 낡은 지도처럼
바스락거리는 유령들만 남겼다.
그는 아무에게도 할 말이 없었다. 그는 자유롭고 빛나는 기
분이었다.
그는 어머니 앞에서 불타올랐다.
이제 너를 잘 모르겠구나. 어머니가 게리온의 방 문간에
기대어 말했다.
저녁 먹을 때 갑자기 비가 오더니,
지금은 석양이 유리창에 맺힌 빗방울들을 놀라게 하고 있
었다. 옛 취침 시간의 진부한 평화가
방 안을 채우고 있었다. 사랑은

나를 온화하거나 친절하게 만들어주지 않아, 게리온은 생각했다. 그와 어머니는

빛을 사이에 두고 서로를 바라보고 있었다.

게리온은 주머니들에 돈, 열쇠들, 필름을 넣었다. 어머니는 손등에 대고

담배를 톡톡 쳤다.

아까 오후에 맨 윗서랍에 깨끗한 티셔츠 넣어놨다. 어머니가 말했다.

어머니 목소리는 그가

이 방에서 보낸 모든 세월에 동그라미를 쳤다. 게리온은 자신의 옷을 흘끗 내려다보았다.

이것도 깨끗해요. 그가 말했다.

이거 원래 이렇게 입는 거예요. 그의 티셔츠는 여기저기 찢어져 있었다.

빨강 글씨로 '신은 롤라를 사랑해'라고 씌어 있었다.

게리온은 어머니가 티셔츠 등짝을 볼 수 없는 걸 다행스러워하며 재킷을 걸치고

카메라를 주머니에 넣었다.

몇 시에 들어올 거니? 어머니가 물었다. 많이 안 늦어요. 게리온이 대답했다.

그는 어서 나가고 싶은 뜨거운 갈망에 사로잡혔다.

그래 게리온 그 헤라클레스라는 아이가 어디가 좋은 건지 말해줄 수 있겠니?

그걸 말할 수 있을까? 게리온은 생각했다.

어머니에게 말할 수 없는 천 가지쯤 되는 이유들이 떠올랐다. 헤라클레스는 예술에 대해 아는 게 많아요.

우린 멋진 토론을 해요.

어머니는 아들을 보는 게 아니라 그 뒤 허공을 보며 불을 붙이지 않은 담배를

셔츠 앞주머니에 넣었다.

"거리距離가 어떻게 보이는가?" 단순 솔직한 질문이다. 거리는 공간 없는 내면에서

사랑받을 수 있는 것의

가장자리까지 뻗어 있다. 그건 빛에 의존한다. 담뱃불 붙여 줘요?•

게리온이 어머니에게 다가가며

청바지에서 성냥갑을 꺼내면서 물었다. 아니 괜찮아. 어머니가 돌아섰다.

진짜로 끊어야 해.

• 이 두 문장의 원문은 "It depends on light. *Light that for you?*"로
'light'가 연결되는 의미로 쓰였음.

X. 섹스 문제

그게 문제인가?

———

나 이제 집에 가봐야겠어.

좋아.

그들은 내처 앉아 있었다. 그들은 멀리 고속도로에 차를 세
워놓고 있었다.

차가운 밤 냄새가

차창으로 들어왔다. 초승달이 늑골처럼 하얗게 하늘 가장
자리에 떠 있었다.

나는 만족을 모르는 인간인 것 같아.

헤라클레스가 말했다. 게리온은 온몸의 신경이 표피로 이
동하는 듯한 기분을 느꼈다.

만족한다는 게 무슨 뜻이야?

그냥—만족하는 거지. 모르겠어. 고속도로 아래 먼 곳에
서 닻고리들이

세상의 밑바닥을 스치는 소리가 들려왔다.

알잖아. 만족하는 거. 게리온은 열심히 생각했다. 가슴에
서 불길이 소용돌이쳤다.

그는 조심스럽게

섹스 문제에 접근했다. 그게 왜 문제지? 그는 사람들이

타인과 관심을 나누는 행동들을

필요로 한다는 건 알고 있었다. 그게 어떤 행동인지가 진짜
로 중요할까?

그는 열네 살이었다.

섹스는 누군가를 알아가는 하나의 방법이지.

헤라클레스가 한 말이었다. 그는 열여섯 살이었다. 그 문제
의 뜨겁고 혼란스러운 부분이

게리온의 모든 갈라진 틈에서 혀를 날름거렸고

그는 그것들을 억누르며 초조한 웃음을 흘렸다. 헤라클레
스가 쳐다봤다.

돌연한 정적.

괜찮아. 헤라클레스가 말했다. 그의 목소리가

게리온의 마음을 열었다.

말해줘. 게리온은 헤라클레스에게 이렇게 묻고 싶었다. 섹
스를 좋아하는 사람들도

섹스에 관한 의문이 있어?

하지만 엉뚱한 질문이 나왔다. 너 정말 날마다 섹스 생각

하는 거야?

헤라클레스의 몸이 뻣뻣해졌다.

그건 질문이 아니라 비난이야. 검고 무거운 것이 벨벳의
냄새처럼

그들 사이로 떨어졌다.

헤라클레스가 자동차 시동을 걸었고 그들은 밤의 뒤안길로
퉁겨져 나아갔다.

그들은 서로 닿진 않았지만

같은 육신 위 평행하게 베어진 두 개의 상처처럼 놀라움 속
에서 하나가 되었다.

XI. 하데스

가끔 여행은 필연이다.

―――――

'정신이 홀로 은밀히 지배한다 육체는 아무것도 성취하지
못한다'
  열네 살이면 본능적으로 아는 진실이고
  열여섯 살에 머리에 지옥이 들어 있을 때도 기억할 수 있다.
  그들은 하데스*를 향해 떠나기 전날 밤
  고등학교의 긴 담벼락에 페인트로 이 진실을 적었다.
  헤라클레스의 고향 하데스는
  섬 반대편 차로 네 시간쯤 걸리는 곳에 있는 적당한 규모의
소도시로
  한 가지 사실만 빼면
  중요할 것도 없었다. 너 화산 본 적 있어? 헤라클레스가
물었다.
  게리온은 그를 바라보며 자신의 몸 안에서
  영혼이 움직이는 걸 느꼈다. 게리온은 어머니에게 거짓말

          •
          그리스 신화의 Hades(저승)와 철자가 같음

투성이 쪽지를 써서

　냉장고에 붙여놓았다.

　그들은 헤라클레스의 차를 타고 서쪽으로 출발했다. 차가
운 초록의 여름밤.

　활동 중이야?

　화산 말이야? 응 마지막으로 폭발했던 때가 1923년이었지.
180세제곱킬로미터의 암석이

　허공으로 날아갔고

　시골 지역이 불길에 휩싸이고 만에 있던 배 열여섯 척이
뒤집혔지.

　우리 할머니가 그러는데

　시내 온도가 섭씨 700도까지 올라갔대.

　중심가에서는

　위스키와 럼주가 든 술통들이 화염에 휩싸였대.

　할머니가 화산 폭발을 보신 거야?

　지붕에서 지켜보셨대. 사진도 한 장 찍었는데, 오후 세 시
가 한밤중 같아.

　마을은 어떻게 됐어?

　익어버렸지. 생존자가 한 명 있었대―감옥에 있던 죄수.

　그 사람 어떻게 됐는지 궁금해.

　그건 우리 할머니한테 여쭤봐. 할머니가 제일 좋아하시는

이야기니까.

　용암인간.

　용암인간? 고속도로를 질주하며 헤라클레스는 게리온에게 씩 웃어 보였다.

　넌 우리 가족을 좋아하게 될 거야.

XII. 용암

그는 얼마나 오래 잠들었는지 알 수가 없었다.

_____

검고 중심에 있으며 옴짝 못하는 밤. 그는 뜨거운 부동의 상태로 누워 있었다.

(무엇보다도) 움직임은

그가 묻혀 있는 광대하고 캄캄한 부엌 바닥에서는 되찾을 수 없는 기억이었다.

그는 주위에서 선반 위의 빵덩어리처럼 누워

자고 있는 사람들을 느낄 수 있었다. 복도 아래쪽에서 한결같은 세찬 흐름소리가 들렸다.

선풍기 소리 같은.

그리고 사람 목소리 한 조각이 터져 나와,

이미 오래전 일인 듯,

그의 살갗에 닿는 꿈의 나쁜 먼지를 일으키며 지나갔다. 그는 여자들을 생각했다.

여자가 되어 어둠 속에서

귀 기울이고 있는 건 어떤 기분일까? 정적의 검은 덮개가 그들 사이에

지열의 압력처럼 펼쳐져 있다.

강간범이 용암처럼 느리게 계단을 오른다. 여자는 강간범의 의식이

자신을 향해 움직이는 빈 공간에

귀 기울인다. 용암은 아홉 시간에 1인치 이동하는 속도로

느리게 움직일 수 있다.

색깔과 유동성은 온도에 따라 검붉은색 고체에서

(섭씨 1,800도 이하)

눈부신 노랑 액체까지(섭씨 1,950도 이상) 다양하다.

여자는

강간범도 귀 기울이고 있는지 궁금하다. 잔인한 건, 여자가 귀 기울이다 잠이 드는 것이다.

XIII. 몽유병자

너무 빨리 잠이 깬 게리온은 정신이 수축되는 걸 느꼈다.
————

뜨거운 압력의 아침. 어수선한 인간들과 그들의 언어로 가
득한 집 안.

내가 어디 있는 거지?

어디선가 들려오는 목소리들. 그는 굼뜬 걸음으로 아래층
으로 내려가

집 안을 통과하여

눈부신 날을 향한 무대처럼 크고 그림자 진 뒷베란다로 갔다.

게리온은 눈을 가늘게 떴다.

풀이 그를 향해 헤엄쳐왔다가 멀어졌다. 전투기처럼 쌍엽
날개를 단

기쁨에 찬 작은 곤충 군단이

뜨겁고 흰 바람 속에서 자맥질했다. 빛에 균형을 잃은 그는
얼른 맨 꼭대기 계단에 앉았다.

풀밭에 늘어져 졸린 목소리로 이야기하는

헤라클레스를 보았다.

지금 제 세상은 아주 느려요. 헤라클레스가 말했다. 그의 할머니는

피크닉 테이블에 앉아 토스트를 먹으며

죽음에 대해 논하고 있었다. 그녀는 마지막까지 의식은 있었으나 말은 할 수 없었던

자신의 오빠 이야기를 했다.

튜브를 꽂고 뺄 때 오빠가 쳐다보고 있어서 매번 무슨 튜브인지

설명해줬다는 것이었다.

이제 밤의 여왕 수액을 투여하고 있으니 따끔하고 나서 검은 흐름을

느끼게 될 겁니다. 헤라클레스가

아무도 귀 기울여 듣지 않는 졸린 목소리로 말했다. 커다란 빨강 나비가

작은 검정 나비 위에 올라탄 채 지나갔다.

참 보기 좋다. 그가 그를 도와주고 있어. 게리온이 말했다. 헤라클레스가 한쪽 눈을 뜨고 보았다.

둘이 떡치는 거야.

헤라클레스! 그의 할머니가 나무랐다. 헤라클레스는 눈을 감았다.

나는 못되게 굴 때 마음이 아파.

그러더니 게리온을 보며 미소 지었다. 우리 화산 보여줄까?

XIV. 빨강 인내

    게리온은 그 사진을 보면 심란해지는 이유를 알지 못했다.
———————

    그녀는 1923년 그날 오후에 자신의 집 지붕에 서서 상자형 카메라로

    그 사진을 찍었다. '빨강 인내.'

    15분 노출 사진에 보통의 원뿔형 화산과 그 주변(낮에 가장 잘 보였다),

    그리고 공중으로 솟구쳤다가

    산비탈을 타고 빗발치듯 떨어지는 백열 화산탄들(어둠 속에서도 보였다)이

    모두 담겼다.

    화산탄이 시속 300킬로미터가 넘는 속도로 환기구로 날아들었다고

    할머니가 말했다. 옥수수밭에

    1,000미터 높이로 솟아 있던 화산은 수개월 동안 1백만 톤가량의

화산재와 화산괴, 화산탄을 분출했다.

용암은 29개월 동안 흘렀다. 사진 하단부에는 떨어지는 화산재에 죽어

뼈대만 남은 소나무들이

일렬로 늘어서 있었다. '빨강 인내.' 그 부동의 표면에 열다섯 개의 다른 순간들,

화산탄이 솟구치고 화산재가 떨어지고

소나무들이 죽어가는 900초가 압축되어 있는 사진. 게리온은 왜 자꾸

그 사진 생각이 나는지 알 수 없었다.

특별히 기분 좋은 사진이어서 그런 건 아니었다.

그런 사진이

어떻게 만들어지는지 알지 못해서 그런 것도 아니었다.

자꾸 그 사진 생각이 났다.

할머니, 감옥에 있던 남자를 15분 노출 사진에 담았으면 어땠을까요?

용암이 감방 창까지 흘러왔을 때요.

그가 물었다. 넌 주체와 객체를 혼동하는 것 같구나. 할머니가 말했다.

그런 것 같아요. 게리온이 말했다.

XV. 커플

이즈음 게리온은 어릴 적 이후로 느끼지 못했던 고통을 겪고 있었다.

————

그의 날개가 몸부림치고 있었다. 날개들은 그의 어깨에서 아무 생각 없는 작고 빨간 동물들처럼

서로 상처를 주었다.

게리온은 지하실에서 나무판자 하나를 찾아내 부목처럼 등에 대고

날개를 단단히 묶었다.

그리고 그 위에 재킷을 입었다. 게리온 너 오늘 우울해 보인다 무슨 일 있어?

지하실 계단을 올라오는 게리온을 보고

헤라클레스가 물었다. 목소리에 날이 서 있었다. 그는 게리온의 행복한 모습을 보는 걸 좋아했다.

게리온은 자신의 날개가

자꾸 안쪽으로, 안쪽으로, 안쪽으로 돌아가는 걸 느꼈다.

아니 괜찮아. 게리온은 얼굴 반쪽으로 딱딱한 미소를 지었다. 그럼 내일이다 게리온.

내일?

내일 차 몰고 화산까지 가보자 가보면 좋을 거야.

응.

사진도 몇 장 찍자. 게리온은 털썩 앉았다. 그리고 오늘밤—게리온? 괜찮아?

응 괜찮아, 듣고 있어. 오늘밤 뭐?

너 왜 재킷을 머리에 뒤집어쓰고 있어?

· · · · · · · · · · · · ·

무슨 소린지 못 알아듣겠어 게리온. 재킷이 움직였다. 게리온이 빠끔 내다보며 말했다. 나도 가끔

조금은 프라이버시가 필요하다고 말했어.

헤라클레스가 그를 빤히 쳐다봤다. 눈빛이 연못처럼 고요했다. 그들은 서로를 응시했다.

이 묘한 커플.

XVI. 털 손질

어릴 때처럼 우리는 하늘 가까이까지 날아오르며 산다. 이
건 무엇의 시작인가.

————

헤라클레스가 파랑의 열기 속에서 찢어진 실크 쪼가리처럼
누워서 말한다.

게리온 제발. 그의 갈라진 목소리를 듣자

게리온은 아침에 눈을 뜨자마자 햇살이 아직 밤이슬에 젖
어 있는 건초 더미를 비추는 헛간으로

들어간 이유가 떠올랐다.

게리온 제발 입으로 해줘.

게리온은 그렇게 했다. 달콤한 맛이었다. 나는 올해 많은
걸 배우고 있어,

게리온은 생각했다. 아주 젊은 맛이 났다.

게리온은 확실하고 강한 존재가 된 기분이었다—상처 입
은 천사가 아니라 자석처럼 사람을 강하게 끄는 사람.

마티스나 찰리 파커 같은!

그다음에 그들은 누운 채 오랫동안 키스하고 고릴라 놀이를 했다.

배가 고파졌다.

잠시 후 그들은 버스터미널 식당 칸막이 좌석에서 음식을 기다리고 있었다.

그들은 그들의 노래(《기쁘다 구주 오셨네》)를

연습하기 시작했고 헤라클레스가 게리온의 머리를 자신의 무릎에 뉘고

털을 골라주기 시작했다.

혼잡한 실내에서 고릴라의 신음이 아침식사 소리와 섞였다. 웨이트리스가

계란 두 접시를 들고 왔다. 게리온은 헤라클레스의 팔 아래서 그녀를 올려다보았다.

신혼부부? 웨이트리스가 물었다.

XVII. 벽

그날 밤 그들은 그림을 그리러 나갔다.
————
게리온은 성당 옆 사제관 차고에 빨강 날개를 단 '사랑의
노예'를 그렸다.
그런 다음 중심가를 내려가다가
우체국 옆에 굵고 흰 글씨로 쓰인 (얼마 안 된) 낙서를 보았다.
'개 같은 자본주의'.
헤라클레스는 미심쩍은 눈으로 남은 페인트를 보았다. 좋아.
그는 뒷골목에 차를 댔다.
그는 그 흰 글씨 위에
불투명 검정 페인트로 줄을 그어 깨끗이 지우고 그 주위를
빙 둘러
빨강 구름 모양의 흘림체로 멋지게 썼다.
'자르는 선'. 둘이 차로 돌아오는 동안 그는 침묵했다.
그들은 터널을 지나
고속도로 진입 차선으로 향했다. 싫증이 난 게리온은

이제 낙서할 만한 공간이 없다고 말하고는

카메라를 꺼내 차 소리가 들리는 곳으로 갔다. 고가도로 위에는

밤이 활짝 열려 있었고

질주하는 전조등 불빛들이 바다를 이루고 있었다. 그는 바람을 등지고 서서

바람이 자신의 껍질을 깨끗이 벗기게 했다.

헤라클레스는 터널에서 희미해져가는 스텐실 글씨 '벽에 손대지 말 것' 위에 검정과 빨강으로

자신의 일곱 가지 수칙을 세로로 쓴 뒤

한쪽 무릎을 꿇고 쪼그려 앉아 페인트통 가장자리에

붓을 닦고 있었다.

헤라클레스는 시선을 들지 않고 말했다. 페인트가 좀 남았는데…… '사랑의 노예' 하나 더 그릴래?

아니 우리 좀 신나는 걸 그리자.

네 그림들은 다 포로에 관한 거라 내 기분을 우울하게 만들어.

게리온은 헤라클레스의 정수리를 응시하며

다시금 자신의 한계를 느끼기 시작했다. 할 말이 없었다. 하나도. 그는 그런 사실을 직시하며

가벼운 놀라움에 젖었다. 어릴 적에

개가 그의 아이스크림을 빼앗아 먹은 적이 있었다. 작고 인상적인 빨강 주먹에

빈 아이스크림콘만 남았다.

헤라클레스가 일어섰다. 싫어? 그럼 가자. 집으로 돌아가는 길에 그들은 〈기쁘다 구주 오셨네〉를 부르려고 했지만

너무 피곤했다. 먼 길을 달려온 기분이었다.

XVIII. 그녀

집에 돌아와 보니 현관등만 밝혀져 있을 뿐 집 안 전체가 캄캄했다.

────────

헤라클레스가 살펴보러 갔다. 게리온은 집에 전화를 걸 생각으로 이층으로 달려 올라갔다.

우리 엄마 방에 있는 전화기 쓰면 돼

계단 올라가서 왼쪽으로 꺾어. 헤라클레스가 뒤에서 외쳤다. 하지만 그 방에 도착한 게리온은

돌연 견고해진 밤 속에 우뚝 멈춰 섰다.

난 누구지? 그는 전에도 어둠 속에서 계단을 올라와 두 손을 내밀어 더듬더듬 스위치를 찾은 적이 있었다—

스위치를 누르자

방이 여성 분비물의 잔해를 품고 성난 파도처럼 달려들었다. 그는 속치마와

바닥에 떨어진 잡지 빗들

베이비파우더 전화번호부 한 뭉치 진주가 담긴 그릇 물이

든 찻잔을 보았고

　립스틱을 사선으로 그어놓은 듯 잔인한

　거울 속 자신의 모습을 보았다―그는 불을 탁 껐다.

　그는 전에도 여기 서 있었던 적이 있었다.

　마음속에 그녀라는 단어를 허리띠 장식처럼 매달고서. 검은 어둠 속 그의 눈꺼풀 위로

　빨강 바퀴살들이 달려갔다.

　다시 아래층으로 내려가는데 할머니 목소리가 들렸다.

　할머니는 현관 그네에 앉아

　두 손은 무릎에 얹고 작은 두 발을 대롱거리고 있었다. 부엌문에서 흘러나온

　직사각형 불빛이 현관을 가로질러

　할머니의 옷단에 겨우 닿았다. 헤라클레스는 피크닉 테이블에 벌렁 드러누워

　두 팔로 얼굴을 가렸다.

　할머니는 게리온이 현관을 지나 자신과 헤라클레스 사이에 놓인

　접이식 의자에 앉는 걸 지켜보며

　말을 이었다―수면에 도달하지 못하면 폐가 터져버릴 거라고 생각하는데―

　폐는 터지지 않고 산소가 없으면

폐허탈 상태가 되지 어느 파티에서 버지니아 울프가 해준 말이야 물론

익사에 관한 얘기는 아냐

버지니아 울프는 그때까진 그런 생각 안 했으니까—내가 이 얘기 해준 적 있나?

그녀의 뒤로 보이던 자줏빛 하늘이 기억나

그녀는 내게 다가오며 말했지 "왜 이 텅 빈 커다란 정원 에 혼자 있어요

전기처럼?" 전기요?

어쩌면 그녀는 케이크와 차라고 말했는지도 몰라 맞아 우 린 진을 마시고 있었고 티타임이 지난 지 오래였지만

그녀는 무척이나 창의적이었지

나는 그녀가 케이크와 차라고 말한 것이기를 하느님께 빌 었어 나는 그녀에게

부에노스아이레스에서의 일화를 이야기하려고 했지

아르헨티나 사람들은 매일 다섯 시에 작은 컵에 마시는 차에 열광하지 하지만 그녀는 가버렸어

뼈처럼 반투명한 작은 컵들 있잖아

난 부에노스아이레스에서 작은 개를 키웠어 네 얼굴을 보 니 내가 지금 횡설수설하고 있구나.

게리온은 펄쩍 뛰며 외쳤다. 아니에요, 할머니,

접이식 의자가 엉덩이를 찔렀다. 프로이트가 선물해준 건
데 그건 다른 이야기지.

예, 할머니?

물에 빠져 죽었어 프로이트 말고 개 말이야 프로이트가
농담을 했는데 재미난 농담은 아니었어

불완전한 전이에 대한 거였는데

그걸 독일어로 뭐라고 하는지 기억이 안 나 하지만 독일
날씨는 정확하게 기억하지.

날씨가 어땠는데요, 할머니?

춥고 달빛이 비쳤지. 밤에 프로이트를 만나셨나요? 여름
에만.

전화벨이 울리자 헤라클레스가

피크닉 테이블에서 굴러떨어져 전화를 받으러 달려갔다. 7월
의 달그림자들이 잔디밭에

부동자세로 서 있었다. 게리온은 그 그림자들에서

하나의 존재가 스며 나오는 걸 지켜보았다. 내가 무슨 얘
기를 하고 있었지? 오 그래 프로이트

현실은 하나의 거미줄이라고 프로이트는 말했고—

할머니? 그래. 뭐 한 가지 여쭤봐도 돼요? 그럼. 용암인
간에 대해 알고 싶어요.

아.

그 사람이 어땠는지 알고 싶어요. 심한 화상을 입었죠. 그런데 죽지 않았나요?

감옥에서는 안 죽었지.

그다음에 어떻게 됐는데요? 그다음에 그는 바넘에 들어갔지 바넘 서커스 알지

미국 순회공연을 하면서

돈을 많이 벌었지 나도 열두 살 때 멕시코시티에서 공연을 봤어. 멋진 공연이었나요?

아주 멋졌지 프로이트라면 그걸

무의식의 형이상학이라고 불렀겠지만 열두 살의 나는 냉소적이지 않았고 재밌게 공연을 봤어.

그 사람은 뭘 했는데요?

그는 기념용 속돌*을 나눠주고 백열광이 자신의 몸을 스치고 지나간 자리를 보여주면서

나는 한 방울의 금입니다, 라고 말하곤 했지

나는 지구의 핵에서 여러분에게 내부의 것들에 대해 말해주기 위해 돌아온 용해된 물질입니다—

보세요! 그러면서 그는 엄지손가락을 찔러

황토색 액체를 짜냈지—액체가 지글거리며 접시에 떨어졌어.

화산 피! 그는 자기 체온이

＊
화산 분출암의 한 종류.

늘 130도를 유지한다고 주장하며 사람들한테 75센트를 받고

자기 살을 만져보게 했지

서커스 천막 뒤에서. 할머니도 만져보셨어요? 할머니는 잠시 쉬었다가 말했다. 글쎄—

헤라클레스가 뛰어 들어왔다.

너네 엄마 전화야. 나한테 소리 지르다가 이제 너랑 통화하고 싶대.

XIX. 고대에서 확고한 자아로

현실은 하나의 소리다, 그러니 주파수를 맞추고 열심히 들
어야지 소리만 질러대선 안 된다.

————

그는 요란하고 격렬한 꿈에서 빠르게 깼다. 꿈은 즉시 사라
졌고 게리온은 잠자리에 누운 채로
　부지런한 새벽 원숭이들이
　마호가니 나무를 오르내리며 서로 꼬드기고 괴롭히는 웅장
하고 신비로운
　하데스 협곡의 소리에 귀 기울였다.
　그 외침이 그의 작은 상처들을 지워주었다. 게리온은 바로
이 시간에
　영혼의 흡입 밸브가 너무 많이 열려 있는
　깨어 있음과 수면 사이의 흐릿한 상태에서 자서전을 기획
하는 걸 좋아했다.
　구*의 크기에 비례해 보면
　달걀의 껍질에 비해 열 배는 더 얇은 지구의 껍데기처럼

영혼의 껍질은 상호 압력의 기적이다.

지구의 핵에서 수백만 킬로그램의 힘이 세상의 차가운 공기를 만나기 위해 솟구쳤다가

때맞춰 멈추는 것과 같다.

게리온이 다섯 살 때부터 마흔네 살 때까지 쓴 자서전은

최근에 사진 에세이 형태를 갖추었다.

이제 난 과도기의 남자니까. 게리온은 새로 배운 용어를 사용하여 생각했다.

그 용어를 어디서 배웠는가 하면—

헤라클레스가 컵 두 개와 바나나 세 개가 담긴 쟁반을 들고 문을 발로 차서 열고 들어오는 바람에

문이 벽을 때렸다.

룸서비스. 헤라클레스가 쟁반 놓을 곳을 찾아 두리번거리며 말했다.

게리온이 방 안의 모든 가구들을

벽에 붙여놓았던 것이다. 오 좋아. 커피. 게리온이 말했다.

아니 차야. 헤라클레스가 말했다.

우리 할머니가 오늘 또 아르헨티나에 있어. 그가 게리온에게 바나나를 건넸다.

방금 나한테 전기기사들 얘기를 해주셨지.

부에노스아이레스에서 전기기사 노조에 들어가려면 시험

을 통과해야 하는데

시험에 나오는 문제가

다 헌법에 관한 거래. 인간의 체질을 말하는 거야?[*]

아니 아르헨티나 헌법

마지막 거 빼고. 마지막 헌법? 아니 마지막 시험 문제—

그 문제가 뭔지 맞혀봐 넌 절대 못 맞힐걸. 맞혀봐.

싫어.

해봐. 싫어 난 맞혀보는 거 싫어해. 이번 한 번만 얼른 게리온 딱 한 번.

크라카타우 화산은 몇 시쯤 폭발했나?

멋진 질문인데 아냐. 헤라클레스는 잠시 기다렸다. 포기? 게리온이 그를 쳐다봤다.

성령이란 무엇인가?

그거야? 그거야. 성령이란 무엇인가—진짜 전기적인 질문이지!

우리 할머니 말씀대로.

헤라클레스는 침대 옆 바닥에 앉아 있었다. 그는 찻잔을 비우고

게리온을 바라보았다.

크라카타우 화산이 몇 시에 폭발했는데? 새벽 네 시. 게리온이 퀼트 이불을

---

[*] constitution에는 '헌법'이라는 뜻과 함께 '체질'이라는 뜻도 있음.

턱밑까지 끌어당기며 대답했다.

그 소리에 3천 킬로미터 떨어진 오스트레일리아 사람들까지 잠이 깼지.

농담하지 마 네가 그걸 어떻게 알아?

게리온은 지하실에서 《브리태니커 백과사전》(1911년 판)을 찾아내

화산 관련 부분을 읽었었다.

그걸 고백해야 할까? 그래. 백과사전. 헤라클레스가 바나나 껍질을 벗겼다.

그는 생각에 잠긴 듯했다.

너네 엄마 어젯밤에 엄청 화나셨지. 응. 게리온이 대답했다. 헤라클레스가 바나나를 반쯤 먹었다.

그리고 나머지 반도 먹었다.

그래, 어떻게 생각해? 어떻게 생각하냐니 무슨 뜻이야? 헤라클레스는

바나나 껍질을 쟁반에 놓고

조심스럽게 가지런히 정리했다. 돌아가야 한다고 생각해?

게리온은 입안 가득 바나나를

물고 씹고 있어서 헤라클레스의 말을 제대로 듣지 못했다. 너한테 중요한 말이야,

약간 진정된 마음속 목소리가 말했다.

뭐라고? 매일 아침 아홉 시쯤에 버스가 있다고 말했어. 게리온은

숨을 쉬려고 했지만 빨강 벽이

공기를 반으로 잘라놓았다. 넌 어쩔 건데? 아 난 여기 있을 거야 할머니가 집에

페인트칠을 하고 싶어 하셔

내가 하면 돈을 준댔어 시내에 가서 일꾼을 두어 명

구해오면 될 거야.

게리온은 열심히 생각했다. 마음속에서 불길이 마룻바닥을 핥고 있었다.

나도 페인트칠 잘하는데. 그가 말했다.

하지만 잘한다는 말이 갈라져서 나왔다. 헤라클레스가 그를 빤히 보았다.

게리온 우린 영원한 친구야.

게리온의 심장과 폐는 시커멓게 탄 껍질이었다. 그는 잠을 자고 싶은

갑작스럽고 강한 욕망에 휩싸였다.

헤라클레스가 원숭이처럼 날렵하게 그의 발치로 다가왔다. 얼른 일어나서 옷 입어 게리온

오늘 너한테 화산 보여줄 거야

현관에 있을게 할머니가 같이 가시고 싶대.

게리온의 자서전에서

이 페이지에는 흰 리본을 묶고 낄낄대는 빨강 토끼 사진이
실린다.

그는 '나의 작은 감각들을 소중히 지키며'라고 제목을 달았다.

XX. 아아AA

게리온은 화산으로 가는 길에 일곱 번인가 여덟 번 잠이 들었다.

————

나머지 두 사람은 페미니즘에 대해 그다음엔 하데스에서의 삶에 대해 그다음엔 불안정한 아스팔트에 대해 이야기했다.

아니, 그건 《브리태니커》에서 읽은 건가?

잠결을 헤매는 게리온의 머릿속에서 문장들이 뒤죽박죽 섞였다. 남자들은

발 마사지용 속돌과 철길 자갈 때문에

여자를 미워하는 법을 배워야 했지 물론 그들은

화산 분출이 어떻게 일어나는지 알지만

그의 작은 기본 예의들이 혀처럼 튀어나왔지 하지만

유럽 체험이 뭔지 모르는 사람들과

내가 어떻게 대화를 할 수 있겠어—흠칫 놀라 잠에서 깬 게리온은

밖을 흘끗 내다보았다.

세상이 캄캄하고 둥글납작해져 있었다. 갑자기 정지한 차 주위 사방에서

빛나는 밧줄 같은 오래된 용암이

솟구쳤다 떨어졌다. 가장 화산적인 암석은 현무암이다.

현무암이 검고 각진 덩어리 모양인 건

이산화규소 함량이 매우 낮다는 의미다(《브리태니커 백과사전》에 그렇게 나와 있다).

이산화규소 함량이 매우 낮다.

게리온은 차 밖으로 나가며 말했다. 암석이 그를 침묵하게 만들었다.

암석은 완전한 허공 속에

사방으로 펼쳐져 있었고 판 내부의 거무스레한 빛 한 줄기만이

잃어버린 친족이라도 찾는 것처럼

암석에서 암석으로 미친 듯 튀어 다녔다. 게리온은 걸음을 떼려고 발을 내밀었다.

용암이 유리의 비명을 내질러서

그는 흠칫 놀랐다. 조심해라. 헤라클레스의 할머니가 말했다. 헤라클레스가 할머니를

뒷좌석에서 번쩍 안아 차에서 내려줬고

이제 할머니는 손자의 팔에 기대어 서 있었다. 이곳 용암

돔은 90퍼센트 이상이 유리로 되어 있어—

유문암질 흑요석이라고 부르지.

아주 아름답지. 자세히 보면 맥박 같은 게 느껴져. 할머니는
암석의 검은 물결 위로 들리는

쩌르릉거리는 소리를 향해 움직였다. 이 덩어리들과 맨 위
의 돌무더기는

유리가 급격히 식으면서 생긴

변형이라고들 하지. 할머니는 작은 소리를 냈다. 이걸 보
니 내 결혼이 생각나는구나.

할머니가 휘청거리자 게리온이

할머니의 남은 팔을 잡았다. 한 줌의 가을 같았다. 그는 거
대하고도 나쁜 존재가 된 기분을 느꼈다.

누군가의 팔을 잡은 후

언제 놓아야 예의에 어긋나지 않는 걸까?

그는 할머니의 팔을 붙든 채 잠시 유리질 암석의 표면에서
균형을 잡으며 잠이 들었다 깼고,

헤라클레스가 말하고 있었다.

……낱말 맞추기 게임에서. 하와이 말로 각진 덩어리 모양
용암을 뜻하지.

철자가 어떻게 되는데?

소리 나는 대로야—aa. 게리온은 졸다가 다시 깼다. 그들

은 이미 차에 올라

끔찍한 암석들에서 멀어지고 있었다.

앞좌석에서 헤라클레스가 할머니와 함께 화음을 맞추어
〈기쁘다 구주 오셨네〉를 부르고 있었다.

XXI. 기억 화상

헤라클레스와 게리온은 비디오가게에 갔다.

───────

보름달이 차가운 하늘을 질주하는 빠른 구름들을 보낸다.
그들은 돌아오면서

말다툼을 했다.

그 사진이 널 심란하게 만드는 게 아니라 네가 사진이 뭔
지 이해를 못하는 거야.

사진은 심란한 거야. 게리온이 말했다.

사진은 지각적 관계들을 갖고 장난치는 거지.

바로 그거야.

하지만 그걸 알려주는 게 카메라만은 아니지. 별들은 어떨
까?

우리가 보는 별은

실제로 거기 없다는 말을 하려는 거야? 글쎄, 실제로 있는
별도 있겠지

하지만 만 년 전에 타서 없어진 별도 있어.

난 그 말 안 믿어.

어떻게 안 믿을 수 있어, 다 알려진 사실인데. 하지만 난 그 별을 보는데. 넌 추억을 보는 거야.

우리 전에 이런 얘기 한 적이 있나?

게리온은 헤라클레스를 따라 뒷베란다로 갔다. 그들은 소파 양쪽 끝에 멀쩍이 앉았다.

저 별들이 얼마나 멀리 있는지 알아?

그래도 난 안 믿어. 어떤 사람이 별을 만졌는데 화상을 안 입었다고 치자. 그 사람은 손가락을 들겠지.

기억 화상을 입은 거니까! 그 사람은,

그럼 믿을 거야, 라고 말하겠지. 좋아 별 얘긴 때려치우고 소리 얘기를 해보자 넌 어떤 사람이

숲에서 나무 베는 걸 지켜봤어.

아니 난 사람들이 숲에서 나무 베는 거 안 봐.

포기했다. 그럼 정말 춥겠구나. 뭐가요? 그럼 정말 춥겠어.

할머니가 베란다 그네에서 말했다.

숲에서 사람들 보는 거요? 기억 화상. 아. 그녀 말이 맞아. 그래 맞지

그녀가 폐에 화상을 입은 적이 있는데

그때 추웠거든 내가 여기 있을 때는 나를 그녀라고 부르지 마라.

102

죄송해요.

하데스에서 폐에 화상을 입으셨어요? 아니 피레네 산맥에서 폐에 화상을 입었지

스키 선수들 사진을 찍으려고 생트크루아에 갔었지

1936년 동계올림픽이었을 거야 그루셴크가 참가했지 너 그루셴크 아니?

몰라도 된다 그루셴크는 무척 빨랐지

난 멋진 주홍색 스키 바지를 입은 그 사람 사진을 《라이프》 잡지에

천 달러에 팔았어.

1936년엔 거금이었지. 얕보지 마라 그 정도면 그래도 사진가에게는 거금이었으니까—

헤라클레스 아빠는

(할머니는 소파를 향해 손을 흔들었으나 헤라클레스는 집 안으로 들어가버린 후였다)

'빨강 인내' 값으로 그 반도 안 쳐줬어—

너도 '빨강 인내' 봤지, 그렇지? 난 그 사진을 부엌에 건 게 못마땅해

거기선 너무 어둡거든

사람들은 그걸 흑백사진이라고 생각하지 물론 요새 사람들은 사진 볼 줄을 몰라.

아뇨 전 용암을 봤어요, 용암 맞나요? 물론이지 화산 꼭대기 말하는 거지?

아뇨 사진 맨 아래쪽

소나무의 줄기에 있던 피 같은 작은 빨강 물방울들요.

아 그래 아주 좋아 그 작은 빨강 물방울들

내 서명이지. 심란한 사진이에요. 그래. 하지만 왜요?

'희열은 모든 두려운 것 아름답게 변모시키네.'•

누가 한 말인데요? 예이츠.

예이츠가 화산을 어디서 봤어요? 그는 정치에 대해 이야기한 것 같아. 아뇨

제 말은 그런 뜻이 아니에요.

침묵을 말하는 거니? 하지만 사진들은 다 침묵하잖아요. 쉽게 말하지 마라

그럼 어머니들은

다 여자라고 말해도 되겠구나. 여자 맞잖아요. 그야 그렇지만 그건 의미가 없다는 거지. 문제는

—형태의 한계 내에서—

그걸 어떻게 이용하느냐는 거야 네 어머니는 섬에 사시니?

제 어머니 얘긴 하고 싶지 않아요.

아 그래. 그럼 침묵. 헤라클레스가 부엌문으로 나왔다.

헤라클레스는 소파 등판 쪽으로 기어올라

• W. B. 예이츠의 시 〈라피스 라줄리〉에서 인용.

옆으로 비스듬히 앉았다. 너희 할머니가 침묵의 가치에 대해
가르쳐주고 계셨어. 게리온이 말했다.

그랬겠지. 헤라클레스가 대꾸했다. 그가 할머니를 보며 말
했다. 할머니 시간이 늦었는데 주무시러 들어가셔야죠?

아가야 잠이 안 오는구나. 할머니가 말했다.

다리 아프셔서요? 제가 좀 주물러드릴게요. 제가 모셔다
드릴게요.

헤라클레스는 할머니 앞에 서서

할머니를 눈▩처럼 일으켜 세웠다. 게리온은 할머니 다리
가 비대칭이라 한 다리는 발끝을 들고

나머지 다리는 뒤에 두는 걸 보았다.

잘 자라 애들아. 할머니가 오래된 석탄 같은 목소리로 외
쳤다.

하느님 은혜로 좋은 꿈들 꾸어라.

XXII. 과일 그릇

게리온이 망사문을 열었을 때 어머니는 식탁에 앉아 있었다.

—————

게리온은 하데스에서 지역 버스를 탔다. 일곱 시간의 여정
이었다. 그는 오는 내내 울었다.

곧장 자신의 방으로 가서

문을 닫고 싶었지만 어머니를 보자 식탁에 앉았다. 두 손을
재킷 속에 넣은 채.

어머니는 침묵 속에서 잠시 담배를 피우더니

손으로 턱을 괴었다. 아들의 가슴을 보면서. 어머니가 말했
다. 셔츠 멋지구나.

빨강 러닝셔츠였고 흰 글씨로 TENDER

LOIN(안심)이라고 쓰여 있었다. 헤라클레스가 줬어요—
게리온은 아무렇지 않게

그 이름을 말하려고 했지만

영혼에 고통의 구름이 잔뜩 껴서 자신이 무슨 말을 하고 있
는지조차

기억나지 않았다.

그는 앞으로 몸을 기울였다. 어머니가 담배연기를 내뿜었다. 어머니가

식탁 가장자리에 놓인 게리온의 주먹 쥔 손을

지켜보고 있어서 그는 주먹을 풀고 과일 그릇을 천천히 돌리기 시작했다. 시계방향으로.

시계 반대방향으로. 시계방향으로.

이 과일 그릇은 왜 항상 여기 있어요? 그는 돌리기를 멈추고 그릇 가장자리를 잡았다.

이 과일 그릇은 항상 여기 있는데

과일이 들어 있었던 적이 없어요. 제 평생 여기 있었는데 과일이 들어 있었던 적이 없어요.

그게 신경 쓰이지 않으세요? 이게 과일 그릇이란 건

어떻게 알죠? 어머니가 연기 사이로 그를 응시했다. 빈 과일 그릇들이

가득한 집에서 자라는 기분이

어떨 거라고 생각하세요? 그의 목소리가 높았다. 어머니와 아들의 눈이 마주쳤고

둘은 웃기 시작했다. 그들은

눈물이 흐를 때까지 웃었다. 그러고는 조용히 앉아 있었다.

서로 맞은편 벽 쪽으로 물러났다.

그들은 많은 것들을 이야기했다. 세탁, 게리온의 형이 마약을 하는 것,

육실 전등.

어머니가 담배 한 개비를 꺼내 바라보더니 도로 넣었다. 게리온은

식탁 위 자신의 팔에 머리를 얹었다.

그는 몹시 졸렸다. 이윽고 두 사람은 일어나서 각자의 길로 갔다. 과일 그릇은

그 자리에 남아 있었다. 그래 빈 채로.

XXIII. 물

물! 웅크리고 있는 세상의 두 덩어리 사이에서 그 말이 튀어나왔다.

————

그의 얼굴에 비가 내리고 있었다. 그는 자신이 실연당한 걸 잠시 잊었다가

이내 기억했다. 토사물이 요동치며

게리온에게로 떨어지다가 그의 썩은 사과 속에 갇혔다. 아침마다 충격이 되돌아와

영혼에 상처를 냈다.

그는 침대 가장자리로 가서 둔중한 진폭으로 울리는 비를 바라보았다.

물이 하늘에서 양동이로 퍼붓듯

지붕으로 처마로 창턱으로 출렁이며 쏟아졌다. 그는 물이 자신의 발을 때리고 바닥에 웅덩이를 만드는 걸 지켜보았다.

그는 배수관을 타고 흐르는

인간 목소리의 파편을 들을 수 있었다—나는 친절의 가치

를 믿거든—

그는 창문을 쾅 닫았다.

아래층 거실에선 아무 움직임도 없었다. 커튼은 드리워지고, 의자들은 잠들어 있었다.

커다란 침묵의 덩어리들이 허공을 가득 채우고 있었다.

그는 두리번거리며 개를 찾다가 자신의 집에선 오랫동안 개를 키우지 않았음을 깨달았다.

부엌 시계가 5시 45분을 가리키고 있었다.

그는 서서 시계를 바라보며 큰바늘이 다음 칸으로 움직일 때까지

눈을 깜빡이지 않으려고 애썼다. 그의 눈에서

물이 흘러나오는 사이 몇 해가 지났고 오만 가지 생각들이 떠올랐다—

지금 세상이 끝난다면 난 자유로운 거야와

지금 세상이 끝난다면 아무도 내 자서전을 못 볼 거야—

이윽고 큰바늘이 움직였다.

헤라클레스의 잠든 집이 퍼뜩 떠올랐지만

그 생각을 밀어냈다. 커피캔을 꺼내 뚜껑을 따고 울기 시작했다.

밖에서는 자연계가 총력의 순간을

즐기고 있었다. 바람이 파도처럼 땅 위로 돌진하여

건물의 모서리를 두드리고,

쓰레기통이 자신들의 영혼을 따라 골목길을 질주했다.

비의 거대한 갈비뼈들이

섬광 속에서 벌어졌다가 다시 굉음과 함께 합쳐지며 부엌
시계를 미친 듯 덜컥거리게 만들었다.

어딘가에서 문이 쾅 닫혔다.

나뭇잎이 창문으로 돌진해 들어왔다. 파리처럼 약한 게리
온은 웅크린 채 싱크대에 기대어

주먹을 입에 물었고

그의 날개가 그릇 건조대 위로 늘어져 있었다. 부엌 창문을
때리는 빗줄기가

헤라클레스의 또 다른 말을

뇌리에 떠오르게 했다. 사진은 빛 한 다발이 감광판을 때
리는 것일 뿐이야.

게리온은 날개로

얼굴을 닦고 카메라를 찾으러 거실로 갔다.

그가 뒷베란다로 나갔을 때

밤처럼 어두운 아침에 비가 지붕 위로 쏟아지고 있었다.

그는 카메라를 트레이닝복에 싸서

들고 있었다. 사진 제목은 '만일 그가 자는 거라면 그는 잘
해낼 것이다.'

사진 속에서 파리 한 마리가 물통에 떠 있다—

익사했지만 날개 주위로 묘한 빛의 교란이 존재한다.

게리온은 15분 노출을 이용했다.

그가 처음 셔터를 열었을 때 파리는 아직 살아 있는 듯했다.

XXIV. 자유

게리온의 삶은 혀와 맛 사이에 갇힌 무감각의 시간으로 들
어섰다.

————

그는 지역 도서관에서 정부 서류를 관리하는 일을 맡게 되
었다.
형광등에서 지이이잉 소리가 나고
돌의 바다처럼 추운 지하실에서 일하는 게 마음에 들었다.
서류에는
쓸쓸한 엄격함이 있었다.
조용히 대열을 이룬 키 큰 모습이 잊힌 전쟁의 용사들 같
았다. 사서가
서류를 찾는 분홍색 쪽지를 들고
철제 계단을 쿵쿵거리며 내려올 때마다, 게리온은
서류 더미 사이로 사라지곤 했다.
각 대열 끝에 있는 작은 스위치가 그 위의 형광등 트랙을
살아나게 했다.

스위치 밑에는 '사용하지 않을 시 소등'이라고 쓰인

누렇게 변해가는 5×7인치 크기의 색인카드가 스카치테이

프로 붙여져 있었다.

게리온은 스위치들을 켰다 껐다 하며

작은 수은 덩어리처럼 대열 사이를 지나다녔다.

사서들은 그를

재능은 있지만 어두운 소년이라고 생각했다. 어느 날 저녁

식탁에서 어머니가

사서들이 어떤 사람인지 묻자,

게리온은 그들이 남자인지 여자인지도 기억하지 못했다.

그는 조심스레 사진을 많이 찍어놨는데

그 사진은 사서들의 신발과 양말만 담고 있었다.

대부분 남자 신발로 보이는구나.

식탁에 펼쳐놓은 사진을 들여다보며 어머니가 한 말이었다.

이것 빼고—이 사람은 누구니? 어머니가 가리켰다.

철제 캐비닛의 열려 있는 서랍에 걸쳐진 맨발 한쪽을

찍은 사진이었다.

바닥에 더러운 빨강 컨버스 신발 한 짝이 모로 놓여 있었다.

부副사서장 여동생이에요.

그는 흰 아크릴 양말과 검은 로퍼를 신고 발목을 꼰 사진

을 앞으로 내밀었다.

부사서장이었다.

가끔 다섯 시에 와서 오빠 차를 타고 집에 가요. 게리온의 어머니가 자세히 보면서 물었다. 무슨 일 하는데?

던킨 도너츠에서 일하는 것 같아요. 괜찮은 애니? 아뇨. 예. 모르겠어요.

게리온이 노려봤다. 어머니가

그의 머리를 만지려고 손을 뻗었으나 그는 옆으로 피하고 사진들을 모으기 시작했다.

전화벨이 울렸다.

전화 좀 받아줄래? 어머니가 싱크대로 돌아서며 말했다. 게리온은 거실로 가서

가만히 선 채 전화벨이 세 번 네 번 울리는 걸

내려다보고 있었다. 여보세요? 게리온? 안녕 나야. 너 목소리가 이상한데

자고 있었냐?

헤라클레스의 목소리가 뜨거운 황금 용수철을 타고 통통 튀어 게리온을 관통했다.

아. 아니. 아니 안 잤어.

그래 어떻게 지내? 뭐 하고 지내? 아—게리온은 양탄자에 털썩 앉았다.

그의 폐가 불길에 휩싸이고 있었다—

그냥 지내. 넌? 아 평소랑 똑같지 뭐 이것저것 해 어젯밤엔 하트Hart랑

페인트칠을 제법 했지. 하트Heart?

너 여기 있을 때 하트 못 만났을 거야 하트는 육지에서 건너왔어

지난 토요일에

아니 금요일이었나 아니 토요일 맞아 하트는 권투선수야 나를 훈련시켜서

자기 코너맨으로 만들어줄 수도 있댔어. 진짜?

훌륭한 코너맨은 중요한 역할을 할 수 있다고 하트가 말했어.

그랬어?

무하마드 알리에게 콥스 씨라는 코너맨이 있었는데 라운드가 끝나면

둘이 링 로프에 웅크리고 앉아서

시를 썼지. 시를? 그 얘기 하려고 전화한 건 아니고 게리온 내가 전화한 이유는

너한테 꿈 얘기 하려고 나 어젯밤에 네 꿈 꿨다. 그랬어? 응 네가 늙은 인디언이 돼서

뒷베란다에 서 있고

계단에 물통이 하나 있었는데 그 속에 물에 빠져 죽은 새가

있었어—

큰 노랑 새였지 진짜로 컸어

그 새가 날개를 뻗은 채 물에 떠 있는데 네가 거기로 몸을 기울이며 말했어.

"자 이제 거기서 나와라—"

네가 그 새의 한쪽 날개를 잡고 꺼내서 허공에 휙 던졌더니 그 새는 살아나서 날아가버렸어.

노랑? 게리온은 그렇게 물으며 속으로 생각했다. 노랑! 노랑이라니! 그는 꿈에서조차

나에 대해 전혀 몰라! 노랑이라니!

게리온 어떻게 생각해?

아무 생각 안 해.

게리온 자유에 대한 꿈이야.

그래.

게리온 난 네가 자유를 누렸으면 좋겠어 우린 진정한 친구고 그래서

난 네가 자유롭기를 바라.

난 자유롭고 싶지 않아 너랑 같이 있고 싶어. 지쳐버렸지만 방심하지는 않은 게리온은

그 말을 억누르기 위해 정신력을 끌어모았다.

이만 전화 끊어야겠다 게리온 전화비 많이 나오면 할머니

가 화내시거든

그래도 네 목소리 들어서

진짜 좋았다 · · · · · · · · · · · · · · · ·

게리온 전화 좀 써도 되니? 마리아한테 전화해야 해.

어머니가 문간에 서 있었다.

아 그럼요. 게리온은 수화기를 내려놓았다. 죄송해요. 너

괜찮니? 예.

그는 기우뚱했다. 저 나가요.

어디? 문간에서 비스듬히 지나쳐가는 그에게 어머니가 물

었다.

해변요.

재킷 안 가져가—망사문이 쾅 닫혔다. 게리온이 집에 돌

아온 건

자정이 훨씬 지나서였다.

집은 캄캄했다. 그는 자신의 방으로 기어 올라갔다.

옷을 벗은 후 거울 앞에 서서

멍하니 자신을 관찰했다. 자유! 통통한 무릎 우스꽝스러운

빨강 냄새

처량한 태도.

그는 침대에 털썩 앉아 대자로 누웠다. 한동안 눈물이 귀로

흘러들더니

이윽고 말라버렸다.

바닥을 친 것이다. 멍은 들었어도 정화된 마음으로 전등을 껐다.

곧바로 잠에 빠져들었다.

새벽 세 시에 분노가 빨강 바보를 때려 깨웠고 그는 숨을 쉬려고 애썼다.

고개를 들 때마다

단단한 검은 해변을 때리는 수초 조각처럼 분노가 그를 때렸다. 게리온은 벌떡 일어났다.

시트가 축축했다.

그는 전등을 켰다. 서랍장 위 전기 시계의 초침을 바라보았다.

작고 건조한 초침 소리가

그의 신경을 빗질하듯 지나갔다. 그는 억지로 시선을 돌렸다. 침실 문이 열쇠구멍처럼

검은 입을 벌리고 그를 쳐다보고 있었다.

뇌가 고장 난 슬라이드 영사기처럼 경련하며 앞으로 나아갔다. 그는

문간을 집을 밤을 세상을 그리고

세상 저편 어딘가에서 헤라클레스가 웃으며 술을 마시며

차에 타는 것을 보았고

게리온의 전신은 절규의 아치를 이루었다—절규는 그 관

습, 인간의 그릇된 사랑의 관습을 향한 것이었다.

XXV. 터널

전화벨이 울렸을 때 게리온은 짐을 싸는 중이었다.

————

누구 전화인지 알 수 있었다. 이제 게리온은 스물두 살이
되었고

육지에 살았으며,

대개 토요일 오전에 그녀와 통화를 했다. 그는 여행가방을
타넘어

전화를 받으러 가다가

《포더스 여행 가이드》 남아메리카 편과 DX100 컬러필름
여섯 통을 쳐서 싱크대에 떨어뜨리고 말았다.

작은 방.

예 엄마 지금 출발하려고요

· · · ·

아뇨 창가 자리예요

· · · ·

열일곱 시간인데 여기랑 부에노스아이레스는 세 시간 시차

가 있어요

. . . .

아뇨 전화해봤는데―

. . . .

오늘 영사관에 전화해봤는데 아르헨티나는 예방접종 필요
없대요

. . . .

엄마 이성적으로 생각하세요 〈리우로의 여행〉*은 1933년
에 만들어졌고 배경도 브라질이에요

. . . .

우리가 플로리다에 갔을 때 아빠가 흥분했던 것처럼

. . . .

예 알았어요

. . . .

글쎄요 가우초**들이 하는 말인데

. . . .

말을 타고 무無 속으로 과감히 들어간다는 뜻인데

. . . .

터널에 들어가는 기분이랑은 다르고

. . . .

알았어요 호텔에 도착하면 바로 전화할게요―엄마? 이제

* 미국의 뮤지컬 영화.
** 남아메리카 카우보이.

122

끊어야 해요

택시가 왔어요 담배 너무 많이 피우지 마세요

. . . .

저도요

. . . .

끊어요

XXVI. 비행기

하늘 위는 늘 겨울이다.

─────────

비행기가 구름의 얼어붙은 흰 평지 위로 움직일 때 게리온
은 자신의 인생을
    힘든 시즌처럼 뒤로하고 떠났다.
    그는 광견병 발작을 일으키는 개를 본 적이 있다. 개는 모
터 달린 장난감처럼 마구 날뛰다가
    뒤로 벌렁 넘어졌는데
    그 발작적인 동작이 마치 줄로 조종당하는 듯했다. 개 주인
이 다가가 개의 관자놀이에 총구를 대는 걸 보고
    게리온은 그 자리를 떴다.
    지금 작은 타원형 창으로 몸을 기울여 얼음처럼 찬 구름빛
이 눈을 찌르는
    바깥을 내다보며
    그는 그때 개가 자유를 얻는 모습을 지켜볼걸 그랬다고
생각했다.

게리온은 허기가 졌다.

그는 《포더스 여행 가이드》를 펼쳐서 '아르헨티나에 대해 알아둘 것들'을 읽기 시작했다.

"세상에서 가장 튼튼한 작살은

티에라 델 푸에고 해변으로 올라온 고래의 두개골 내부 뼈로 만들어진다.

두개골 내부는 작은 운하 모양이고

거기 두 개의 뼈가 있다. 턱뼈로 만들어진 작살은 그리 튼튼하지 못하다."

맛있는 구운 물개고기 냄새가

기내에 떠돌았다. 그는 시선을 들었다. 몇 줄 앞에서 승무원들이

손수레에 실린 식사를

나눠주고 있었다. 게리온은 몹시 배가 고팠다. 그는 억지로

차갑고 작은 창문을 보며

백까지 세고 다시 시선을 들었다. 손수레는 움직이지 않고 있었다. 그는 작살에 대해 생각했다.

작살이 있는 사람도

굶주릴까? 턱뼈로 만든 작살이라도 이 자리에서 손수레를 맞힐 수 있을 것 같았다.

사람들은 어떻게 서로를 지배하는가,

그 수수께끼. 그는 다시 《포더스 여행 가이드》로 시선을 돌렸다.

"티에라 델 푸에고 토착민 중에

야마나족이라는 종족이 있었는데 야마나는 명사로는 '짐승이 아닌 사람들'

동사로는 '살다, 호흡하다, 행복하다, 병에서 회복되다,

제정신으로 돌아오다'라는 뜻이다. 손을 뜻하는 단어에 접미사로 붙어서

'우정'을 의미하기도 한다."

게리온의 식사가 도착했다. 그는 뚜껑을 열고 몇 분 전에 맡았던 냄새를 찾아

모든 음식을 게걸스럽게 먹어보았지만

그 냄새의 주인공은 없었다. 그는 책을 읽었다. 야마나족도 20세기 초에 멸종했다—

영국인 선교사의 자녀들이 옮긴 홍역으로 몰살되었다.

밤의 어둠이 바깥세상에 퍼지면서

비행기 내부는 더 춥고 작아졌다. 천장에 길게 이어져 있는 네온등이

저절로 꺼졌다.

게리온은 눈을 감고 자신의 뇌 속 달빛 출렁이는 운하들 깊은 곳에서 진동하는 엔진소리를 들었다.

몸을 움직일 때마다

무릎뼈가 고통의 벌을 받았다.

그는 다시 눈을 떴다.

객실 맨 앞에 비디오 스크린이 걸려 있었다. 남아메리카가

아보카도처럼 빛났다.

살아 있는 빨강 선이 비행기의 진행을 나타냈다. 게리온은
빨강 선이

마이애미에서

푸에르토리코를 향해 시속 972킬로미터로 나아가는 모습
을 지켜봤다.

앞 좌석 승객이 잠든 아내의 머리에

살며시 비디오카메라를 받치고 비디오 스크린을 찍고 있
었다.

이제 스크린에는

Velocidad(속도)뿐 아니라 Temperatura Exterior(외부 온
도) 섭씨 영하 50도와

Altura(고도) 10,670미터도 표시되어 있었다.

"야마나족은 더럽고 가난해서 다윈이 비글호를 타고 지나
가면서

연구할 가치가 없는 원숭이 인간이라고 여겼지만,

그들이 구름을 일컫는 이름은 열다섯 가지나 되고 친척의

호칭도 쉰 가지가 넘었다.

'물다'와 비슷한 의미의 동사 중에는

'무른 음식을 먹다가 예기치 않게 단단한 물질(예를 들면 조개 속 진주)을 깨물다'를

뜻하는 단어도 있었다."

게리온은 등의 뻣뻣한 통증을 풀기 위해 좌석에 앉은 채로 엉덩이를 들썩거렸다.

옆으로 몸을 반쯤 틀었으나 왼쪽 팔을 놓을 데가 없었다.

그는 다시 앞쪽으로 몸을 당기다가

실수로 독서등을 쳐서 끄고 책을 바닥에 떨어뜨렸다.

옆 좌석 여자가 신음을 내며

다친 물개처럼 팔걸이 위로 엎어졌다. 그는 무감각한 어둠 속에 앉아 있었다.

다시 배가 고팠다.

비디오 스크린에 현지(버뮤다) 시각이 1시 50분으로 표시되어 있었다.

시간은 무엇으로 만들어지는가?

그는 시간이 자신의 주위로 떼 지어 모여드는 걸 느낄 수 있었고 그 크고 육중한 덩어리들이

버뮤다에서 부에노스아이레스까지

빽빽하게—너무 빽빽하게 들어찬 것을 볼 수 있었다. 폐가

오그라들었다.

시간의 공포가 덤벼들었다. 시간이

게리온을 아코디언의 주름처럼 짓눌렀다. 그는 바깥을 보려고 작고 차갑고 검은 시선을 보내는

창문을 들여다보았다.

창밖으로 물어뜯긴 달이 눈雪의 고원 위를 빠르게 지나갔다. 광대한 검정과 은빛의 무세계無世界가

공중에 매달린 인간들의 파편을 지나

불가해하게 움직이거나 움직이지 않는 걸 보면서 그는 시간의 무심함이

자신의 머리통 위에서

포효하는 걸 느꼈다. 하나의 생각이 머리통 가장자리에서 반짝거리다가

날개 뒤 은하로 휙 떨어져

사라졌다. 한 남자가 시간을 통과한다. 작살처럼, 일단 던져지면 도착하리라는 것 외에는

아무 의미도 없다.

게리온은 웅웅대는 차갑고 단단한 이중유리에 이마를 대고 잠이 들었다.

발아래 바닥에

《포더스 여행 가이드》가 펼쳐진 채 놓여 있었다. "가우초는

말을 타고

　평원을 가로질러 멀리 달려가는 단순한 행동에서

　그 자신이 스스로의 운명을 지배하고 있다는 지나친 생각
을 하게 되었다."

XXVII. 미트벨트

세계가 없는 사람은 없다.

————————

빨강 괴물은 카페 미트벨트*의 구석 테이블에 앉아 새로
산 엽서들에
하이데거의 구절을 적었다.

> *Sie sind das was betreiben* (그들은 그들이 행하는 것이다)
> 부에노스아이레스에는 독일인이 많아
> 모두 축구선수들이야 날씨가
> 참 좋아 형도 여기 같이 있으면 좋을 텐데
> 게리온

그는 육지에서 라디오 스포츠캐스터로 일하고 있는 형에게
그렇게 썼다.
바 끄트머리
위스키 병 근처에서 웨이터 하나가 손으로 입을 가리고 다

●
Mitwelt. '더불어 살아가는 세계', '공동 세계'를 뜻하는 독일어.

른 웨이터와 쑥덕거렸다.

　게리온은 그들이 곧

　자신을 쫓아낼 거라고 생각했다. 그들은 게리온의 몸의 각도에서,

　손이 움직이는 모양에서

　그가 스페인어가 아닌 독일어를 쓰고 있음을 알 수 있을까? 그건 불법행위 같았다.

　게리온은 지난 3년간

　대학에서 독일 철학을 공부했고, 웨이터들은 그것 또한 알고 있는 게 분명했다.

　게리온은 커다란 코트 속

　위쪽 등 근육을 움직여 날개를 움츠리고 다른 엽서를 뒤집었다.

　　　Zum verlorenen Hören(듣지 못하는 것)
　　　부에노스아이레스에는 독일인이 많습니다
　　　모두 정신분석가들입니다 날씨가
　　　참 좋습니다 교수님도 여기
　　　같이 계시면 좋을 텐데요

　　　　　　　　　　　　　게리온

철학교수에게 쓴 엽서였다. 그런데 웨이터 하나가 그를 향해 다가오고 있었다.

폐에 차가운 공포의 물보라가

뿌려졌다. 그는 스페인어를 찾으려고 머릿속을 뒤졌다.

제발 경찰은 부르지 말아주세요—

스페인어로 어떻게 발음했지? 그는 스페인어를 단 한 마디도 기억할 수 없었다.

독일어 불규칙동사들만

계속 떠올랐고 웨이터는 그의 테이블 앞에 서서,

눈부신 흰 냅킨을 팔에 걸치고

게리온에게로 살짝 몸을 기울였다. *Aufwarts*(위로) *abwarts*(아래로) *ruckwarts*(뒤로)

vorwarts(앞으로) *auswarts*(밖으로) *einwarts*(안으로)가

머릿속에서 미친 듯 맴도는 가운데 게리온은 웨이터가 테이블을 뒤덮은 엽서 사이에서

살며시 커피잔을 들어올리는 모습을 보았다.

웨이터는 팔에 걸친 냅킨을 가다듬고는 완벽한 영어로 물었다.

손님 에스프레소 한 잔 더 드시겠습니까? 하지만 게리온은 이미

엽서들을 한 손에 챙겨들고

허둥지둥 일어나고 있었다. 그는 테이블보에 동전을 떨어뜨리고 도망치듯 나왔다.

게리온을 절망에 빠뜨린 건

그가 날개 달린 빨간 사람으로서 인생 초년에 일상으로 받아들인

조롱에 대한 공포가 아니라,

지금과 같은 정신의 완전한 이탈이었다. 어쩌면 그는 미쳤는지도 모른다. 7학년 때

이 고민에 관한 과학 과제를 한 적이 있었다.

색깔이 내는 소음에 대해 궁금증을 느끼기 시작한 해였다. 장미들이

정원에서 그를 향해 으르렁거렸다.

그는 밤에 침대에 누워 별들이 내는 은빛이 창문 방충망에 충돌하는 소리에

귀를 기울였다. 그 과학 과제를 위해

그가 인터뷰한 대부분의 사람들이 한낮의 태양 아래서 산 채로 불타는

장미의 비명을

듣지 못한다고 시인했다. 말 울음소리 같아. 게리온이 이해를 돕기 위해 말했다.

전쟁터의 말 울음소리. 하지만 그들은 고개를 저었다.

풀잎을 왜 blade*라고 부르겠어? 게리온이 그들에게 물었다. 철컥거리는 소리가 나기 때문이 아닐까?

그들은 그를 빤히 보았다. 넌 사람이 아니라

장미와 인터뷰를 해야겠구나. 과학선생님이 말했다. 게리온은 그 아이디어가 마음에 들었다.

과제물 마지막 페이지는

부엌 창문 아래에 있는 어머니의 장미덤불 사진이었다.

장미 네 송이가 불타고 있었다.

그 장미들은 줄기 위에 곧고 순수하게 서서, 예언자처럼 어둠을 움켜쥐고

불에 녹은 목구멍 깊숙한 곳으로부터

엄청난 비밀들을 외치고 있었다. 네 어머니가 야단 안—

시뇨르! 뭔가 단단한 것이

그의 등에 부딪혔다. 게리온은 부에노스아이레스의 보도 한복판에서

그의 커다란 코트 주위로

사람들의 물결이 사방으로 흐르는 가운데 갑자기 멈춰 섰던 것이다.

게리온은 생각했다. 사람들에게 삶은

하나의 경이로운 모험이다. 그러고 나서 그는 군중의 희비극 속으로 들어갔다.

●
쇠붙이의 '날'을 뜻하는 단어지만 '풀잎'이라는 뜻도 있음.

XXVIII. 회의주의

항구 위 빨간 하늘에서 파란 구름이 피어났다.

———————

부에노스아이레스에 어둠이 희미해지며 동이 터오고 있었
다. 게리온은 한 시간 동안
　도시의 땀에 젖은 검은 자갈길을 걸으며
　밤이 끝나기를 기다렸다. 차들이 굉음을 내며 지나갔다. 낡
은 버스 다섯 대가
　기우뚱거리며 모퉁이를 돌아 달려와
　매연을 내뿜으며 줄지어 서자 그는 손으로 입과 코를 막았
다. 승객들이
　불 켜진 상자 속으로 들어가는
　곤충처럼 탑승하자 그 실험 장치는 부르릉거리며 떠났다.
　게리온은 젖은 매트리스 같은 몸을 이끌고
　터벅터벅 언덕을 올라갔다. 카페 미트벨트는 혼잡했다.
　그는 구석 테이블을 발견하고는
　어머니에게 엽서를 썼다.

Die Angst offenbart das Nichts(불안은 무를 나타낸다)
부에노스아이레스에는 독일 사람이 많아요
모두 담배 피우는 여자들이에요 날씨가
참 좋—

게리온은 맞은편 의자에 기댄 자신의 한쪽 부츠를 누가 탁
치는 걸 느꼈다.
같이 앉아도 될까요?
그 노랑수염은 이미 의자를 잡고 있었다. 게리온은 부츠를
치웠다.
오늘 여기 손님이 아주 많네요.
노랑수염이 웨이터를 부르기 위해 고개를 돌리며 말했다.
Por favor hombre(여기요)!
게리온은 다시 엽서를 써내려갔다.
여자친구들한테 엽서 보내요? 그의 노랑수염 한가운데에
젖꼭지만큼 작은
분홍 입이 있었다. 아뇨.
말씨가 미국인 같은데 맞아요? 미국에서 왔어요?
아뇨.
웨이터가 잼 바른 빵을 가져오자 노랑수염은 거기로 몸을

기울였다.

학회 때문에 왔어요? 아뇨.

이번 주에 대학에서 큰 학회가 있어요. 철학요. 회의주의.

고대인가요, 현대인가요? 게리온은

묻지 않을 수 없었다. 글쎄요, 노랑수염이 고개를 들며 말
했다.

고대 사람들도 좀 있고

현대 사람들도 좀 있어요. 난 어바인에서 왔어요. 내 발표
시간은 세 시예요.

주제가 뭔데요? 게리온은 젖꼭지 입을

보지 않으려고 애쓰며 물었다. 무감정. 젖꼭지 입이 오므라
졌다.

다시 말해, 고대인들이

'아타락시아'•라고 부른 것이지요. 번민의 부재, 게리온
이 말했다. 정확해요. 고대 그리스어를 알아요?

아뇨 하지만 회의론자에 대해 읽었어요. 그럼

어바인에서 학생들을 가르치세요? 캘리포니아에 있죠? 맞
아요 남부 캘리포니아—사실은 내년에 MIT에서

연구할 수 있는 보조금을 받았어요.

게리온은 젖꼭지 입에 묻은 잼을 핥는 작은 빨강 혀를 지켜
보았다. 나는 의심의 성애학 性愛學을

    •
    고대 그리스 철학자들이 정신적 평정의 상태라고 칭한 것.

연구하고 싶어요. 왜요? 게리온이 물었다.

노랑수염이 의자를 뒤로 빼며 말했다―진실에 대한―그
는 저편에 있는

웨이터들에게 고개를 숙였다.

올바른 추구의 전제조건으로서요. 인간의 근본적인 특성
이라고 할 수 있는―그는 일어섰다―

앎에 대한 갈망을―

그는 바다에서 배에 신호를 보내듯 두 팔을 올렸다―포기
할 수 있다면요. 그는 앉았다.

전 그럴 수 있어요. 게리온이 말했다.

뭐라고요? 아니에요. 지나가던 웨이터가 테이블의 작은
쇠못 위에

계산서를 탁 하고 놓았다.

밖에서 차들이 굉음을 내며 지나갔다. 새벽이 열어진 뒤였
다. 흰 가스 색깔의 겨울 하늘이

재갈을 물리듯 부에노스아이레스를 덮쳤다.

같이 가서 내 발표 들을래요? 같이 택시 타고 가면 돼요.

카메라 가져가도 될까요?

XXIX. 비탈

게리온은 괴물이긴 해도 사람들 앞에서 매력적일 수 있었다.
————

그는 작은 택시를 타고 부에노스아이레스 시내를 질주하며
하나의 시도를 했다.
두 사람은
비좁은 뒷좌석에서 무릎을 가슴에 붙이다시피 하고 옹색하
게 앉아 있었다.
게리온은 차가 흔들릴 때마다
자신의 허벅지에 닿는 노랑수염의 허벅지와 젖꼭지 입의
숨결이 거북했다.
그는 앞만 똑바로 쳐다보고 있었다.
택시기사가 빨강 불에 그대로 내달리며 창밖으로 지나가는
보행자들에게
분노를 발산했다.
그는 신이 나서 대시보드를 쾅 치고 담배 한 개비를 더 피
우며 왼쪽으로 거칠게 핸들을 꺾어

자전거 탄 사람을 몰아내고

(그 사람은 급히 보도로 튀어 올라가 골목길로 달려 내려갔다)

석 대의 버스 앞에서

대각선으로 방향을 튼 다음 다른 택시 뒤에서 진저리치며
정지했다. 메에에에에에에에에에.

아르헨티나 경적은 소 울음소리를 냈다.

택시기사는 창밖으로 또 욕설을 퍼부었다. 노랑수염이 킥
킥거렸다.

스페인어 좀 해요? 그가 게리온에게 물었다.

잘 못하는데 당신은요?

사실 난 꽤 유창한 편이에요. 연구를 하느라 스페인에서
1년 동안 살았거든요.

무감정에 대한 연구요?

아니, 법전요. 고대 법전의 사회학을 연구했어요.

정의에 관심이 있나요?

무엇이 법다운 것인지를 사람들이 어떻게 결정하는지에 관
심이 있어요.

그럼 어떤 법전을 제일 좋아하죠?

함무라비. 왜요? 깔끔하니까. 예를 들면요? 예를 들면,

"불이 났을 때

도둑질하다가 잡힌 사람은 불에 던져버린다." 멋지지 않아

요?—만약

정의란 게 존재한다면

그런 것이어야 한다고 생각해요— 짧고, 깔끔하고, 리듬감
있고.

하인처럼.

뭐라고요? 아니에요. 두 사람은 부에노스아이레스 대학교
에 도착했다.

노랑수염과 택시기사가

잠시 실랑이를 벌이더니, 얼마 안 되는 택시비가 치러졌고
택시는 털털거리며 떠났다.

여긴 뭐예요? 외부가 그라피티로 뒤덮인 흰 콘크리트 창고
계단 위에서

게리온이 물었다.

창고 안은 거리의 겨울 공기보다도 차가웠다. 입김이 보일
정도였다.

버려진 담배 공장이에요. 노랑수염이 말했다.

왜 이렇게 추워요?

난방비가 없어서요. 대학이 파산했거든요. 휑뎅그렁한
실내에

현수막들이 걸려 있었다.

게리온은 다음과 같이 쓰인 현수막 아래서 노랑수염의 사

진을 찍었다.

NIGHT ES SELBST ES(밤 그것 자체인 그것)
TALLER AUTOGESTIVO(자주관리 공장)
JUEVES 18-21 HS(목요일 18~21시)

그러고는 '교수 휴게실'이라고 불리는

텅 빈 다락으로 갔다. 의자도 없었다. 벽에 못으로 박아놓
은 기다란 갈색 종이에

연필과 펜으로 쓴 명단이 있었다.

억류되거나 실종된 교수들의 명단 작성을 도와주십시오.
노랑수염이 읽었다.

Muy impressivo(대단히 인상적이네요).

그가 근처에 서 있는 청년에게 말했으나 청년은 그를 쳐다
보고만 있었다. 게리온은 거기 적힌 어떤 이름에도

시선을 주지 않으려고 애썼다.

방에서 혹은 고통 속에서 혹은 죽음을 기다리며 살아 있는
사람의 이름일 테니까.

게리온은 4학년 때

반 친구들과 단체로 처칠 강 상류의 급류에서 새로 포획한
흰돌고래 한 쌍을

보러 간 적이 있었다.

그날 그는 침대에 누워 뜬눈으로 밤을 지새우며 꼬리가 벽에 닿는

달빛 없는 수족관 속에서

떠다니는 고래들을 생각했다—시간의 끔찍한 비탈의

그들 자리에서

자신처럼 살아 있는 고래들. 시간은 무엇으로 만들어지나요? 게리온이 갑자기

노랑수염에게 고개를 돌리며 묻자

노랑수염은 놀란 눈으로 쳐다봤다. 시간은 무엇으로 만들어지는 게 아니에요. 추상적인 개념이니까.

우리가 움직임에 부여하는

하나의 의미일 뿐이죠. 하지만—그는 자신의 손목시계를 보았다—당신 말이 무슨 뜻인지 알아요.

내 강연에 지각할 순 없겠죠? 갑시다.

겨울의 일몰은 일찍 시작되었고 빛의 가장자리가 무뎌졌다. 게리온은

서둘러 노랑수염을 따라

어둑어둑해져가는 복도들을 지났다. 학생들이 모여 대화를 나누며

발로 담뱃불을 비벼 껐다.

그들은 그를 쳐다보지도 않았다. 작은 책상이 어수선하게 놓인 벽돌 벽으로 둘러싸인 강의실로 들어섰다.

뒤쪽에 빈 책상이 있었다.

커다란 코트를 입고 앉으니 책상이 좁았다. 그는 다리를 꼴 수가 없었다. 참석자들은 다른 책상에

어둡게 웅크려 앉아 있었다.

그들의 머리 위로 담배연기가 피어오르고, 콘크리트 바닥에 담배꽁초가 수북했다.

게리온은 줄이 없는 교실을 싫어했다.

그의 두뇌가 무질서한 책상 사이를 부지런히 오가며 똑바로 맞춰진 줄들을 그려냈다.

홀수가 나올 때마다

작업이 중단되었다가 다시 시작했다. 게리온은 강연에 집중하려고 애썼다.

Un poco misterioso(다소 불가사의한), 노랑수염이

말하고 있었다. 천장에서 열일곱 개의 네온등이 환한 빛을 발했다. 나는 나를 에워싸는

무시무시한 우주의 공간들을 본다……

노랑수염이 파스칼을 인용하며 파스칼의 공포를 에워싼 말의 성벽을 쌓아올리기 시작했다.

그것이 거의 보이지 않게 될 때까지—

게리온은 듣기를 멈추고 시간의 비탈이 거꾸로 돌다가 정지하는 걸 보았다.

늦은 겨울 오후,

그는 창가의 어머니 옆에 서 있었다. 눈雪이 푸른빛을 띠고
가로등이 켜지고 산토끼가

책 속의 단어처럼 소리 없이 수목한계선에 멈추어 설 시간
이었다. 이 시간에 그와 어머니는

함께 있었다. 그들은

불도 켜지 않고 조용히 서서 밤이 밀려드는 모습을 지켜보
고 있었다.

밤이 도착하여,

그들을 만지고, 지나가는 모습을 보았다. 어머니의 담뱃재
가 어둠 속에서 빛났다.

이제 노랑수염은

파스칼에서 라이프니츠로 넘어가서 칠판에 공식을 적고 있
었다.

$$[NEC] = A | B$$

그는 이 공식을 "파비앙이 희면 토마스도 그만큼 희다"라
는 문장으로 풀었다.

게리온은 라이프니츠가 왜

파비앙과 토마스의 창백함에 관심을 가져야 했던 것인지

이해가 안 되었지만

그 단조로운 목소리를

경청하기로 했다. necesariamente(반드시)라는 단어가 네 번 반복되고

다섯 번째 반복된 후

예가 뒤집혀서 이제 파비앙과 토마스가 검음으로 견주어 졌다.

파비앙이 검으면 토마스도 그만큼 검다.

이게 회의주의로구나, 게리온은 생각했다. 흰 것은 검은 것 이다. 검은 것은 흰 것이다. 어쩌면 곧

빨강에 대한 새로운 정보를 얻게 될지도 모른다.

하지만 예들은 la consecuencia(귀결)로 이어졌고 노랑수 염의 목소리는 점점 더 커져갔다.

그는 강한 말들로 경계를 친

진지함의 왕국을 활보하며 인간의 근원적인 위대성에 대한 믿음을

주장했다—아니 부정하고 있었나?

게리온이 부정적인 부사를 못 들은 것인지도 몰랐다—노 랑수염은

회의주의 철학자들을

채소와 괴물에 비유한 아리스토텔레스로 이야기를 마쳤다.

믿음에 대한 믿음 밖에서

　살고자 했던 인생은

너무도 공허하고 기이했을 것이다. 예를 들면 아리스토텔
레스.

　Muchas gracias(대단히 감사합니다)라는

　청중의 웅얼거림으로 강연은 끝났다. 그다음에 한 사람이
질문을 했고

　노랑수염이

　다시 이야기하기 시작했다. 모두들 담배를 피워 물고 책상
에 그대로 앉아 있었다.

　게리온은 소용돌이치는 담배연기를 지켜보았다.

　밖은 이미 해가 저물어 있었다. 쇠창살이 쳐진 작은 창문이
검었다. 게리온은 자신만의 생각에 빠져 있었다.

　오늘은 영원히 끝나지 않으려나?

　시선이 강의실 앞쪽 시계로 향했고 그는 자신이

　가장 좋아하는 질문의 웅덩이에 빠졌다.

XXX. 거리

"시간은 무엇으로 만들어지는가?" 게리온이 오랫동안 해
온 질문이었다.

————

그는 어딜 가든 사람들에게 물었다. 예를 들면 어제는 대학
에서 물었다.
시간은 추상개념이에요—우리가
움직임에 부여하는 하나의 의미일 뿐이죠. 게리온은 호텔
욕조 옆에
무릎을 꿇고 앉아
현상액에 담근 사진들을 흔들며 그 대답에 대해 생각하고
있다. 그는
사진 한 장을 골라
텔레비전과 문 사이에 매단 빨랫줄에 건다. 사람들이 강의
실 책상에
앉아 있는 모습이다.
책상이 그들에겐 너무 작아 보인다—하지만 게리온은 인

간의 안락함에

　관심이 없다. 현실을 벗어나

　사진들 속으로 들어가서 멈춘 시간이 훨씬 더 진실하다. 벽
높은 곳에 흰 시계가 걸려 있다.

　5분 전 6시를 가리키고 있다.

　그날 저녁 6시 5분에 철학자들은 강의실을 벗어나 길 아래
에 있는

　게라 시빌*이라는 술집으로 갔다.

　노랑수염이 악마의 무리를 이끌고 대초원을 가로지르는

　가우초처럼 당당히 앞장섰다.

　가우초는 자신의 환경의 주인이다. 게리온은 카메라를 들
고 뒤쪽에서 따라가며

　그렇게 생각했다.

　게라 시빌 술집은 흰 치장벽토를 바른 공간이었고 한가운
데에 수도원 테이블**이 놓여 있었다.

　게리온이 도착했을 때 일행은 이미

　깊은 대화에 빠져 있었다. 그는 동그란 안경을 쓴 남자 맞
은편에

　살며시 앉았다.

　레이저 뭐 먹겠나? 그 남자 왼쪽에서 누군가가 물었다.

　어디 보자 여긴 카푸치노가 맛있는데

　•
　Guerra Civil. 스페인어로 '내전'이라는 뜻.
　••
　궤 모양의 긴 상자에 상판을 얹은 테이블.

난 카푸치노로 하겠네 시나몬 듬뿍 넣어서 그리고—그는 안경을 밀어올렸다—

올리브 한 접시.

그가 테이블 너머 게리온에게 시선을 던졌다. 이름이 라자루스인가요? 게리온이 물었다.

아뇨 내 이름은 레이저예요. 레이저빔의 레이저—

그런데 뭐 주문하고 싶은 거 있어요? 게리온은 웨이터를 흘끗 보았다. 커피 주세요.

그리고 레이저 쪽으로 고개를 돌렸다. 특이한 이름이네요.

그렇지도 않아요. 할아버지 이름을 따서 지은 거니까요. 엘레아자르는 꽤 흔한 유대인 이름이에요.

하지만 우리 부모님은

무신론자여서—그는 두 손을 펼쳐 보였다—약간의 타협을 한 거죠. 그가 미소 지었다.

당신도 무신론자인가요? 게리온이 물었다.

나는 회의론자예요. 그럼 신을 의심하는 건가요? 글쎄요 더 정확히 말하면

나 자신을 의심하는 분별력을 갖고 신을 믿는 거죠.

필멸성必滅性이라는 게 결국 우리들에게 섬광처럼 비치는 신성한 의심이 아니고 무엇일까요? 신은 잠시

승인을 유보하고 휙! 우리는 사라지는 거지요.

나에겐 자주 일어나는 일이에요. 당신이 사라진다고요? 예 그랬다가 돌아오죠.

나는 그걸 죽음의 순간이라고 불러요.

올리브 하나 드세요, 접시를 든 웨이터의 팔이 그들 사이로 번개처럼 지나가자 동그란 안경 낀 남자가 덧붙였다.

고맙습니다. 게리온은 그렇게 말하고

올리브 하나를 깨물었다. 올리브 속을 채운 피망이 돌연한 일몰처럼 입안을 톡 쏘았다.

그는 몹시 허기가 져서 일곱 개를 더 먹었다,

순식간에. 레이저가 미소를 머금고 그를 바라보았다. 우리 딸처럼 먹는군요.

명쾌함이 있다고나 할까요.

따님이 몇 살인데요? 게리온이 물었다. 네 살—아직 인간이 덜 되었죠. 아니 어쩌면

약간 인간을 넘어섰다고 할 수도 있고.

나는 딸 때문에 죽음의 순간을 인식하기 시작했어요. 아이들은 우리에게 거리距離를 보게 하죠.

'거리'라는 게 어떤 의미인가요?

레이저는 잠자코 접시 위의 올리브 하나를 집었다. 그는 이쑤시개에 꽂힌 올리브를 천천히 돌렸다.

글쎄요 예를 들어 오늘 아침에

나는 집에서 책상에 앉아 발코니 옆 아카시아 나무를 내다보고 있었는데

아주 키가 큰 아름다운 나무였고

우리 딸도 거기 있었어요 그 아이는 내가 일기를 쓸 때 옆에 서서

그림 그리기를 좋아해요.

오늘 아침은 무척 화창했고 마치 여름날처럼 예상 밖으로 맑았어요. 나는 고개를 들어

새 그림자 하나가 아카시아 잎 사이로

날아가는 걸 보았는데 마치 스크린에 비친 장면 같았어요. 그리고 난

언덕 위에 선 듯한

기분을 느꼈어요. 반평생쯤 걸려서 힘들게 언덕 꼭대기에 오른 거고

반대쪽도 비탈을 이루고 있죠.

뒤를 돌아보면 딸아이가 아침 햇살 속에 작은 금빛 동물처럼 엉금엉금 기어서

언덕을 오르기 시작하는 모습이

보이겠죠. 그게 바로 우리예요. 언덕을 오르는 존재들.

서로 다른 거리에 있는. 게리온이 말했다.

늘 변하는 거리에 있죠. 우리는 서로를 도와줄 수도 없고

소리쳐 부를 수도 없어요—

내가 딸아이에게 무슨 말을 하겠어요?

"그렇게 빨리 올라오지 마"라고 할까요? 웨이터가 레이저
의 뒤로 지나갔다. 기우뚱한 걸음걸이였다.

검은 바깥 공기가

창문에 거세게 몸을 던졌다. 레이저가 자신의 손목시계
를 보았다. 가야겠어요.

그는 그렇게 말하고는 노란 스카프를

목에 감으며 일어섰다. 아 가지 마요, 게리온은 생각했다.
올리브가 접시에서 떨어지듯

자신이 이 공간의 표면에서 미끄러져

떨어지기 시작하는 듯한 기분을 느꼈던 것이다. 접시가 30도
각도로 기울어지면

그는 자신의 공허 속으로 사라질 터였다.

하지만 그때 레이저와 눈이 마주쳤다. 대화 즐거웠어요.
레이저가 말했다.

예, 고맙습니다. 게리온이 말했다.

두 사람의 손이 닿았다. 레이저는 살짝 고개를 숙여 보이고
는 돌아서서 나갔다.

밤의 돌풍 한 줄기가 문으로 밀고 들어왔고

실내의 모든 사람들이 들판의 풀줄기처럼 한차례 흔들렸다

가 대화를 이어갔다.

　게리온은 코트에 파묻혀

　목욕물처럼 따스한 대화를 흘려보냈다. 그 순간 그는 구체적이고

　분리 불가능한 존재가 된 기분이었다. 철학자들은

　담배와 스페인의 은행과 라이프니츠, 그다음엔 정치가에 관한 농담을 나누었다.

　한 사람이

　최근에 푸에르토리코 행정관이 일부 국민들을 단순히 미쳤다는 이유만으로

　민주적 절차에서 배제시키는 건

　불공평하다고 주장한 이야기를 자세히 들려주었다. 투표 장비가

　국립 정신병원으로 보내졌다. 실제로

　정신병자들은 진지하고 창의적인 투표자임이 증명되었다. 많은 이들이

　입후보자 명단에는 없으나

　국가에 도움이 되리라고 믿는 인물들의 이름을 써냈다. 아이젠하워, 모차르트, 십자가의 요한*이

　그 대표적인 예였다. 이제

　노랑수염이 스페인에서 들은 이야기를 하고 있었다. 프랑

●
　스페인의 신비주의자이자 저술가였던 후안 데 라 크루스의 별칭.

코 역시

광기의 유용성을 알고 있었다.

그는 자신의 집회에 지지자들을 단체로 동원하여 버스로 실어 나르곤 했다.

한번은 해당 지역 정신병원 수감자가

총동원된 적도 있었다. 다음 날 신문은 이런 제목의 기쁜 소식을 실었다.

'정신박약자들이 프랑코 당신을 언제나 응원합니다!'

게리온은 미소 짓느라 광대뼈가 아팠다. 그는 자신의 물잔을 비우고

얼음조각을 깨물어 먹은 후

레이저의 잔에 손을 뻗었다. 몹시 허기가 졌다. 그는 음식 생각을 하지 않으려고 애썼다.

밤 열 시까지는 저녁을 먹을 가망이 없었다.

이제 꼬리로 넘어간 대화에 억지로 집중했다. 노랑수염이 말하고 있었다.

세계적으로 12퍼센트의 아기들이

꼬리를 달고 태어난다는 사실은 널리 알려져 있지 않죠.

의사들이 진실을 은폐하니까.

의사들은 부모가 놀라지 않도록 꼬리를 자르죠. 날개를 달고 태어나는 아기들은

몇 퍼센트나 되는지 궁금하네요. 게리온이

자신의 코트 칼라에 대고 말했다. 철학자들은 권태의 본질
에 대한 토론으로 넘어가서

수도승과 수프에 관한 긴 농담으로 끝을 맺었는데

게리온은 그들이 두 번이나 설명해줘도 그 농담을 이해할
수 없었다.

'상한 우유'라는 뜻의 스페인어가 들어간

펀치라인•이 나오자 철학자들은 우스워서 몸을 가누지 못
하며

테이블에 머리를 기댔다.

농담이 저 사람들을 행복하게 하는구나, 게리온은 그들을
보며 생각했다. 그때

샌드위치 접시의 형상을 한 기적이 일어났다.

게리온은 샌드위치 세 쪽을 집어 들어 토마토와 버터와 소
금이 잔뜩 든 네모난 덩어리 형태의

맛있는 흰 빵에 입을 묻었다.

그는 샌드위치가 얼마나 맛있는지와, 자신이 미끈거리는
음식을 얼마나 좋아하는지,

미끈거림의 종류가 얼마나 다양한지에 대해 생각했다.

나는 샌드위치의 철학자야, 그는 결론지었다. 정신에 유익
한 것들이지.

•
농담에서 핵심이 되는 말.

게리온은 이것에 대해 누군가와 토론하고 싶었다.

잠시나마 가녀린 생명의 잎들이 그를 커져가는 행복감 속
에 존재하게 했다.

그는 호텔방으로 돌아오자

창턱에 카메라를 설치하고 타이머를 작동시킨 다음

침대에서 포즈를 취했다.

태아 자세를 한 알몸의 청년을 담은 흑백사진.

게리온은 사진에 '꼬리 없음!'이라는 제목을 붙였다.

그의 환상적인 날개가 침대 위에 검은 레이스로 된

남아메리카 지도처럼 펼쳐져 있다.

XXXI. 탱고

봉합선 아래로 고통이 흐른다.

————————

돌연한 공포가 새벽 세 시에 게리온을 덮쳤다. 그는 호텔방 창가에 서 있었다.

창 아래 텅 빈 거리는 그에게 아무것도 돌려주지 않았다.

길가를 따라 주차된 차들은 스스로의 그림자 속에 둥지를 틀고 있었다. 건물들은 거리 반대쪽으로 몸을 젖히고 있었다.

소란스러운 바람 한 줄기가 지나갔다.

달은 져버렸다. 하늘도 닫혔다. 밤이 세상에 깊이 파고들었다. 그는 생각했다.

저 잠든 포장도로 아래 어딘가에서는

거대하고 단단한 지구가 움직이고 있으리라—피스톤이 쿵쿵거리고, 용암이

선반 모양을 한 지층에서 지층으로 쏟아지고,

증거와 시간이 흔적으로 목화化되어가고 있으리라. 한 인

간을 두고 비현실적인 존재가 되었다고

말할 수 있는 지점은 어디일까?

그는 코트를 더 단단히 여미며 기분의 가치에 대한 하이데 거의 주장을

기억해내려고 애썼다.

우리에게 기분이 없었다면 우리는 일상 세계에 매몰된 채로 살아갈 것이다.

(하이데거는 주장한다.)

우리가 다른 곳에 내던져진 존재임을 우리에게 알려주는 건 심리상태라고.

어디가 아닌 다른 곳?

게리온은 지저분한 유리창에 뜨거운 이마를 대고 울었다.

이 호텔방이 아닌 다른 곳

그는 자신이 그렇게 말하는 소리를 들었고 몇 분 후 볼리바르 거리의 우묵한 배수로를 따라

급히 걷고 있었다. 도로는 한산했다.

그는 셔터를 내린 매점과 빈 창들을 빠르게 지나갔다. 거리는 점점 더 좁아지고 어두워졌다.

그리고 내리막으로 비탈져 있었다.

어둡게 반짝이는 항구가 보였다. 자갈길이 갈수록 미끄러워졌다. 소금에 절인 생선과 화장실 냄새가

공기에 물때처럼 끼어 있었다.

게리온은 코트 깃을 세우고 서쪽으로 걸었다. 더러운 강물이 옆에서 철썩거리며 흘렀다.

한 건물 현관에서 군인 셋이 그를 지켜보고 있었다.

어두운 대기 너머로 무언가 방울져 떨어지는 소리가 들렸다―사람 목소리였다. 게리온은 돌아보았다.

아래쪽 부두에 카페나 상점 같은

희미하고 네모진 불빛이 보였다. 하지만 이 동네에는 카페가 없었다.

무슨 가게가 새벽 네 시에 문을 열지?

거구의 남자가 게리온에게 곧장 다가와 서서는 팔에 걸친 냅킨을 매만졌다.

탱고? 남자는 그렇게 묻고는

한 팔을 호를 그리듯 올리며 인사하면서 뒤로 물러섰다. 게리온은 문 위에 '카미니토'라고 적힌

흰 네온 간판이 달린 가게의

질척하고 어두운 실내로 비틀거리며 들어갔다. (나중에 알고 보니) 부에노스아이레스에 남아 있는

유일한 진짜 탱고 바였다.

게리온은 어둠 속에서 술병이 줄지어 진열된 몹시 낡은 콘크리트 벽과 둥그렇게 배치된

작은 빨강 원형 테이블을 보았다.

앞치마를 두른 난쟁이가 테이블 사이를 쏜살같이 누비고 다니며 시험관처럼 생긴 길쭉한 유리잔에 든

오렌지색 음료를 모든 사람들에게

똑같이 서빙하고 있었다. 앞쪽 낮은 무대에 스포트라이트가 켜져 있었다.

늙은 음악가 셋이 거기 웅크리고 있었다—

피아노, 기타, 아코디언. 셋 다 일흔 아래로는 보이지 않았고,

아코디언 연주자는 너무 허약해서

그가 어깨를 흔들며 멜로디를 연주할 때마다 게리온은

아코디언이 그를 뭉개버릴까봐 두려웠다.

그 무엇도 그 남자를 뭉개버릴 수 없음이 서서히 분명해졌다. 세 연주자는

서로 눈길도 교환하지 않고

순수한 발견의 상태에서 한 사람처럼 연주했다. 그들은 뜯고, 두드리고,

접었다가 폈다.

눈썹을 위아래로 꿈틀거렸다. 서로 가까이 몸을 기울였다가 멀어지고, 일어나서 도망치고

서로를 살금살금 쫓아가고

구름 속으로 날아올랐다가 물결 위로 떨어졌다. 게리온은 그들에게서

눈을 뗄 수가 없었고

커튼이 갈라지면서 한 남자가, 아니 여자가 무대로 나오자

화가 나기까지 했다.

그녀는 턱시도에 검은 나비넥타이 차림이었다. 그녀가 스포트라이트 안쪽 어딘가에서

마이크를 떼어 노래를 부르기 시작했다.

전형적인 탱고곡이었고 그녀는 탱고를 불러야만 하는 바늘 가득한 목을 갖고 있었다.

탱고는 끔찍하다―

당신의 마음 아니면 나의 죽음!― 그리고 다 똑같다. 게리온은

다른 사람들이 박수를 칠 때마다 박수를 쳤고

그다음에 새로운 노래가 시작되었고 그다음에 모두가 흐릿해지며

흙바닥 위로 흘러내리는 하나의 물결이 되었고

그다음에 그는 잠이 들어 불타오르고, 갈망하고, 꿈꾸고, 흐르며, 잠에 빠졌다.

광대뼈가 벽에 긁히면서 잠에서 깼다.

멍하니 주위를 둘러보았다. 음악가들은 가고 없었다. 테이

블도 비어 있었다. 불도 다 꺼져 있었다. 탱고 여가수가

　잔 위로 몸을 기울이고 있었고 난쟁이가

　그녀의 발 주위를 비로 쓸고 있었다. 게리온은 다시 졸다가
그녀가 일어나서

　자신을 향해 돌아서는 걸 보았다.

　그는 흠칫 놀라 깼다. 코트 속의 몸을 똑바로 세우고 두 팔을
자연스럽게 앞으로 두려고 애썼다.

　팔이 너무 많은 것 같았다. 사실 세 개였다. 늘 그렇듯

　발기가 된 채로 잠이 깼는데

　오늘은 (무슨 이유에선지 바로 기억은 안 났지만) 팬티를 입고 있
지 않았다.

　하지만 그 걱정을 하고 있을 겨를이 없었다.

　그녀가 테이블로 의자를 끌고 왔던 것이다. *Buen'día*(좋은
아침). 그녀가 말했다.

　안녕하세요. 게리온이 말했다.

　미국인이세요? 아뇨. 영국인? 아뇨. 독일인? 아뇨. 스파
이? 예. 그녀가 미소 지었다.

　게리온은 그녀가 담배 한 개비를 꺼내

　불을 붙이는 걸 지켜보았다. 그녀는 아무 말도 없었다. 게
리온은 예감이 안 좋았다.

　그가 음악에 대해 무슨 말이든 해주기를

그녀가 기다리는 거라면? 그럼 거짓말을 해야 할까? 아니
면 도망쳐? 그녀의 주의를 딴 데로 돌려?

당신의 노래는—그는 말을 꺼냈다가 멈췄다.

그녀가 흘끗 올려다봤다. 탱고는 모두를 위한 음악은 아니
죠. 그녀가 말했다. 게리온은 듣지 않았다.

등에 느껴지는 콘크리트 벽의 차가운 감촉이

그를 회상에 빠져들게 한 것이다. 그는 토요일 밤의 고등학
교 댄스파티에 있었다.

농구 골대 네트가 길게 늘어난 그림자를

체육관 벽 높은 곳에 던지고 있었다. 음악이 몇 시간 동안
차가운 콘크리트 벽에

등을 붙이고 선

그의 고막을 때리고 있었다. 무대에서 조명을 받으며

격렬하게 움직이는 인간의 팔다리들이

어둠 속에서 빛났다. 열기가 최고조에 이르렀다. 별도 없는
검은 밤하늘이 창문을 짓누르고 있었다.

게리온은

형의 레이온 스포츠재킷 속에 꼿꼿이 서 있었다. 그의 몸을
타고 흘러내린

땀과 갈망이

가랑이와 무릎 뒤에 고였다. 그는 무심한 자세로 세 시간

반 동안

벽에 기대서 있었다.

아무것도 보지 않는 척하면서 모든 걸 보느라 눈이 아팠다.

다른 남학생들이 그의 옆에서

벽에 기대서 있었다. 그들의 꽃잎 같은 향수 냄새가 가벼운 공포 속에서 떠돌고 있었다.

한편 음악은

심장에서 심장으로 고동치며 노래 속에서 자기 자신이 되는 필사적인 드라마에

모든 판막을 열었다.

응? 자정에서 5분이 지나 게리온이 부엌문으로 들어오자 형이 물었다.

어땠어? 누구랑 춤췄어? 약도 했냐?

게리온은 멈춰 섰다. 형은 개수대 옆 조리대에 펼쳐놓은 여섯 조각의 빵에

마요네즈, 볼로냐소시지, 겨자를

얹고 있었다. 머리 위 부엌등이 유황색으로 빛났다.

볼로냐소시지는 자주색으로 보였다.

게리온의 시야엔 아직도 체육관에서 본 형상들이 어른거렸다. 아 이번엔

그냥 구경만 하기로 했거든.

지나치게 밝은 실내에서 게리온의 목소리가 크게 울렸다. 형은 그를 흘끗 보고는

샌드위치를 높게 쌓는 작업을 이어갔다.

형은 샌드위치 탑을 빵칼로 대각선으로 이등분하고

전부 다 접시에 담았다.

봉지에 볼로냐소시지 한 조각이 남아 있었는데 형은 그걸 입에 넣고 접시를 집어 들고

TV방으로 내려가는 계단으로 향했다. 재킷 잘 어울린다. 형이 게리온 옆을 지나치며

잠긴 목소리로 말했다.

심야 영화에서 클린트 이스트우드 영화 나온다 올 때 담요 한 장 갖다줘.

게리온은 잠시 생각에 잠긴 채 서 있었다.

그러고는 마요네즈와 겨자병 뚜껑을 닫아 냉장고에 넣었다. 볼로냐소시지 껍질은

쓰레기통에 버렸다.

스펀지를 집어 조리대의 빵 부스러기를 조심스럽게 개수대로 쓸어 넣고

빵 부스러기가 보이지 않을 때까지

물을 틀어 흘려보냈다. 스테인리스 주전자 표면에서 커다란 재킷을 입은

작고 빨간 사람이 그를 쳐다봤다.

우리 춤출까요? 게리온이 그 사람에게 말했다—우당탕탕
—게리온은 탱고 바의 현실을

적나라하게 드러내는 햇빛 속에서 퍼뜩 잠이 깼다.

난쟁이가 빨강 테이블에 의자를 거칠게 엎어놓고 있었다.
게리온은 자신의 맞은편에 앉아

테이블 가장자리에 담뱃재를 떨며

탱고는 모두를 위한 음악은 아니죠라고 말하고 있는 여자
가 누군지

잠시 기억이 나지 않았다.

그녀가 텅 빈 실내를 둘러보았다. 난쟁이가 담배꽁초를 쓸
어 모으고 있었다.

진짜 햇빛이

창가에 걸린 작고 빳빳한 빨강 커튼 틈새로 약하게 흘러들
어왔다.

여자는 그걸 바라보았다. 게리온은

시의 한 구절을 기억해내려고 애썼다. *Nacht steigt ans
Ufer*(밤은 물가로 올라오고)……

뭐라고 했어요? 여자가 물었다.

아무것도 아녜요. 게리온은 몹시 피곤했다. 여자는 말없이
담배를 피웠다. 흰돌고래에

호기심을 느껴본 적 있어요?

게리온이 물었다. 여자의 눈썹이 두 마리 곤충처럼 움찔거렸다.

멸종 위기종인가요?

아뇨 수족관에 갇혀서 떠다니는 흰돌고래를 말한 거예요.

아뇨—왜요?

그 고래들은 무슨 생각을 할까요? 거기서 떠다니며. 밤새도록.

아무 생각 안 해요.

그건 불가능해요.

왜요?

살아 있으면서 아무 생각도 안 할 순 없어요. 그야 그렇지만 고래는 인간이 아니에요.

그게 왜 달라야 하죠?

왜 같아야 하죠? 하지만 난 고래의 눈을 보고 그들이 생각하는 걸 알 수 있어요.

말도 안 돼요. 당신이 보는 건 당신 자신이에요—죄의식을 느끼는 거죠.

죄의식? 내가 왜 고래에게 죄의식을 느끼죠? 그들이 수족관에 있는 건 내 탓이 아닌데.

바로 그거예요. 그런데 당신은 왜

죄의식에 시달리고 있고—누구의 수족관에 갇혀 있는 거죠?

게리온은 몹시 화가 났다.

당신 아버지가 정신분석가였나요? 여자는 빙긋 웃으며 대답했다.

아뇨 정신분석가는 바로 나예요.

게리온은 그녀를 빤히 보았다. 농담을 하는 게 아니었다. 그렇게 충격받을 거 없어요. 그 일을 해서

집세도 내고 부도덕한 일도 아니니까요—

완전히 부도덕하진 않죠. 하지만 노래 부르는 건요? 나 참! 여자는 바닥에 재를 떨고 물었다.

탱고를 불러서 먹고산다고요?

오늘 밤 여기 손님이 몇이나 있었죠? 게리온은 생각을 해본 후 대답했다. 다섯이나 여섯.

맞아요. 그 다섯이나 여섯이

매일 밤 여기 와요. 주말엔 아홉이나 열 명으로 늘기도 하죠—TV에서

축구 중계를 안 하면.

가끔 칠레에서 온 정치가나 미국에서 온 관광객들이 단체로 몰려오기도 하죠. 하지만 그게 현실이에요.

탱고는 화석이에요.

정신분석가도 마찬가지고요. 게리온이 말했다.

여자는 잠시 게리온을 살펴보더니 천천히 말했다―하지만 그때 난쟁이가

피아노를 벽으로 미는 바람에

게리온은 그녀의 말을 거의 듣지 못했다―괴물이 빨강인 걸 누가 탓할 수 있겠어요?

뭐라고요? 게리온이 놀라서 앞으로 몸을 기울이며 물었다.

당신이 집에 가서 잠자리에 들 시간이 된 것 같다고 했어요. 여자는 그렇게 말하고는

담배를 주머니에 넣으며 일어섰다.

또 와요. 게리온의 커다란 코트가 문을 빠져나갈 때 여자가 말했지만

게리온은 고개를 돌리지 않았다.

XXXII. 키스

건강한 화산은 압력을 쓰는 하나의 연습이다.

─────────

게리온은 호텔방 침대에 앉아 자신의 정신적 삶의 깨지고
금간 곳들을

들여다보았다. 암석이 화도火道를 막아

마그마가 화산학자들이 불의 입술이라 부르는 측방열구를
따라 옆으로 흐를 수도 있다.

하지만 게리온은 자신의 고통만 생각하는

그런 사람들 중 하나가 되고 싶진 않았다. 그는 무릎 위의
책을 보았다.

《철학적 문제들》

"……나는 당신이 빨강을 어떻게 보는지 결코 알지 못할
것이고 당신도 내가 빨강을 어떻게 보는지

결코 알지 못할 것이다. 하지만 이 의식의 분리는

소통의 실패 이후에나 인식되며, 우리가 취해야 할 첫 번째
행동은

우리의 분리되지 않은 존재를 믿고……"

게리온은 책을 읽으며 자신의 깊숙한 곳에서 엄청난 양의 검은 마그마가

들끓는 듯한 기분을 느꼈다.

그는 페이지 시작 부분으로 시선을 옮겨 다시 읽기 시작했다.

"빨강의 존재를 부정하는 건

신비의 존재를 부정하는 것이다. 그런 짓을 하는 사람은 언젠가 미칠 것이다."

교회 종소리가 페이지 위로 울려 퍼지고

저녁 여섯 시가 물결처럼 호텔에 흘렀다. 전등들이 찰칵찰칵 켜지고

흰 침대보들이 젖혀지고,

벽들 속에서 물이 질주하고, 엘리베이터가 빈 우리 속 마스토돈*처럼 쿵쾅거렸다.

난 미친 사람이 아냐.

게리온은 책을 덮으며 말했다. 그는 코트를 입고 벨트를 정식으로 채운 다음 밖으로 나갔다.

바깥 거리는 부에노스아이레스의

토요일 밤이었다. 눈부신 청년 무리들이 그의 주위에서 갈라졌다 모였다.

•

신생대에 번성한 코끼리와 유사한 멸종 포유동물.

판유리 너머에서 로맨스 무더기들이

포장도로로 밝은 증기를 흘려보냈다. 게리온은 걸음을 멈추고

마흔네 개의 리치너트 캔이

자신만큼 커다란 탑을 이루며 쌓여 있는 중국음식점 창을 바라보았다. 그는

두 아이를 치마폭에 싸안고

길가에 엎드려 있는 여자 거지에게 발이 걸려 넘어졌다. 그는

신문가판대 앞에 멈춰 서서

신문기사 제목을 모조리 읽었다. 그러고는 잡지가 꽂힌 반대쪽으로 갔다.

건축, 지질학, 서핑,

역도, 뜨개질, 정치, 섹스. 《뒤로 하는 성교》가 그의 관심을 끌었지만

(잡지 전체가 그 내용인가? 매호마다? 매년?)

너무 당황스러워서 살 수가 없었다.

그는 계속해서 걸었다. 서점으로 들어갔다.

철학 코너를 훑어본 후 영어 원서 코너로 갔다.

탑을 이룬 애거사 크리스티의 책들 아래

엘모어 레너드의 책 한 권(《킬샷》, 그가 읽은 책이었다)과 두 가지 언어로 된

《월트 휘트먼 시선》이 놓여 있었다.

> 어둠의 조각은 그대에게만 떨어지는 게 아니다
> 어둠은 나에게도 그 조각을 던진다
> 내가 행한 최고의 일들이 나에겐 공허하고 수상쩍
> 어 보였다
> 악한 것이 어떤 것인지 그대만 아는 게 아니다……[•]

…… *No tu solo quien sabe lo que es ser perverso*(악한 것이 어떤 것인지 그대만 아는 게 아니다). 게리온은

악한 월트 휘트먼을 내려놓고 자기계발서를 펼쳤다.

책 제목(《망각, 온전한 정신의 대가?》)이 희망을 잃지 않는 그의 마음을 움직였던 것이다.

"우울은 미지의 존재 방식 가운데 하나다.

자아가 없는 세계, 개인을 초월한 명료함으로 보이는 세계를 표현하는 말은 없다.

언어가 표현할 수 있는 모든 건

상상력이 자동적으로 풍경을 다시 칠하고 습관이 지각을 흐리고

언어가 틀에 박힌 윤색을 재개하는,

우리가 건강이라고 부르는 망각으로의 느린 귀환이다."

[•] 월트 휘트먼의 시 〈브루클린 나루터를 건너며〉에서 인용.

그가 자기계발을 이어가기 위해

　페이지를 넘기려는데 무슨 소리가 들렸다.

　키스 소리 같은. 게리온은 주위를 둘러보았다. 서점 앞유리창 밖에서

　일꾼 하나가 사다리 중간쯤에 서 있었다.

　검은 새 한 마리가 그에게로 급강하했고 새가 가까이 올 때마다

　그는 입으로 키스 소리를 냈다―

　새는 공중제비를 하며 위로 솟구쳤다가 약간 으스대는 태도로 울부짖으며 하강했다.

　키스가 그들을 행복하게 하는구나,

　게리온은 생각했고 다 부질없다는 것을 절감했다. 그는 가려고 돌아서다가

　옆에 서 있던 남자의 어깨에

　세게 부딪혔다―앗! 가죽의 퀴퀴한 검은 냄새가 그의 코와 입술을 채웠다.

　죄송합니―

　게리온의 심장이 멎었다. 그 남자는 헤라클레스였다. 그 오랜 세월이 흐른 후에―

　하필 얼굴 부은 날 그를 만나다니!

176

XXXIII. 빨리감기

깜놀했어. 같은 날 얼마 후 그들은 카페 미트벨트에 앉아 커피를 마시며 의견을 같이했다.

———————

게리온은 결정할 수가 없었다—

성인이 된 헤라클레스와 마주앉아 있는 게 더 이상한지 아니면 자신이

'깜놀' 같은 표현을 쓰는 걸 듣는 게 더 이상한지.

그리고 헤라클레스 왼쪽에 앉아 있는 저 검은 눈썹의 청년은 또 어떤가.

그들에게도 언어가 있지. 앙카시가 말했다.

헤라클레스가 자신은 앙카시와 둘이 남미를 여행하며 화산을 비디오로 찍고 있다는

이야기를 들려준 후였다.

영화를 위한 거야. 헤라클레스가 덧붙였다. 자연 영화? 꼭 그런 건 아냐.

에밀리 디킨슨에 관한 다큐멘터리야.

물론 그렇겠지. 게리온이 말했다. 그는 이 헤라클레스를
자신이 알던 헤라클레스와 일치시키려고 애쓰고 있었다.

"내 화산 위에서 풀이 자란다",

그녀의 시 중 하나지. 헤라클레스가 말했다. 그래 알아, 게
리온이 말했다. 나도 그 시 좋아해,

그녀가 sod에 God으로

운 맞추기를 거부하는 게 마음에 들어. 한편 앙카시는 주
머니에서

녹음기를 꺼내고 있었다.

그는 녹음기에 테이프를 밀어 넣고 게리온에게 이어폰을
건넸다. 이거 들어봐. 그가 말했다.

필리핀에 있는 피나투보 산이야.

작년 겨울에 갔었지. 게리온은 이어폰을 꼈다. 목 쉰 동물
이 목구멍 뒤쪽으로 내뱉는

고통의 소리가 들렸다.

그다음엔 트랙터 타이어가 비탈길을 내려가는 듯한 육중하
고 불규칙적인 덜컹거림이 들렸다.

헤라클레스가 지켜보고 있었다.

빗소리 들려? 헤라클레스가 물었다. 빗소리? 게리온은 이
어폰을 조정했다. 그 소리는

내면의 색깔만큼 뜨거웠다.

헤라클레스가 말했다. 우기라서 화산재와 불이 공중에서 비와 뒤섞였지.

우린 마을 사람들이 산 아래로 달려 내려오고

그 뒤로 검고 뜨거운 진흙 벽이 20미터 높이로 솟아오르는 걸 봤어.

그게 테이프에 담긴 소리야.

끓어오르는 단단한 암석 덩어리들이 가득해서 덜컹거리는 소리가 들리는 거야.

게리온은 끓는 암석의 소리에 귀 기울였다.

유리그릇이 딸깍거리는 듯한 단속적인 소리도 들렸는데

그건 인간의 비명이었고 뒤이어 총성도 들렸다.

총소리야? 그가 물었다. 군대를 파견해야만 했지. 헤라클레스가 대답했다.

90킬로미터 떨어진 산에서

용암이 흘러내리고 있는데도 집을 떠나지 않으려는 사람들이 있었거든—아 여기다

들어봐. 앙카시가 끼어들었다.

그는 테이프를 빨리감기로 돌린 뒤 다시 재생을 눌렀다. 이걸 들어봐. 게리온은 들어보았다.

다시 동물의 으르렁거림이 들렸다.

하지만 뒤이어 멜론이 땅에 떨어지는 듯한 쿵쿵 소리가 들

렸다. 그는 앙카시를 보았다.

높은 곳의 공기가 너무 뜨거워져서

새들 날개가 타서 떨어지는 거야. 앙카시가 말을 멈췄다. 그와 게리온은

서로 똑바로 쳐다보고 있었다.

'날개'라는 말에 두 사람 사이에 진동 같은 게 지나갔다.

앙카시가 다시 테이프를 빨리감기로 돌렸다.

여기쯤인 것 같은데—그래, 맞아—일본에서 녹음한 부분이야. 들어봐 쓰나미야—

해변에 닿았을 때

물마루와 물마루 사이 거리가 백 킬로미터나 됐지. 어선들이 육지에서 옆 마을까지 떠밀려가는 걸 봤어.

게리온은 물이 일본의 해변을

파괴하는 소리에 귀 기울였다. 앙카시가 대륙판에 대해 이야기하고 있었다. 하나의 대륙판이

다른 대륙판 아래로 가라앉는

해구 가장자리가 가장 심각하지. 여진이 몇 년씩 갈 수도 있어.

알아. 게리온이 말했다. 그를 바라보는

헤라클레스의 시선이

황금의 혀 같았다. 마그마가 솟았다. 뭐라고 했어? 앙카시

가 물었다.

하지만 게리온은 이어폰을 빼고

자신의 코트 벨트로 손을 가져가고 있었다. 이만 가봐야겠
어. 그가 헤라클레스의 시선에서

자신을 떼어내기 위해 기울인 노력은

리히터가 고안한 장치로 측정 가능한 것이었다. 우린 시티
호텔에 묵고 있으니까

연락해. 헤라클레스가 말했다.

리히터 지진계는 최저치와 최고치 한계점이 없다.

모든 게 지진계의 민감성에 달려 있다.

물론이지. 게리온은 그렇게 대답하고는 자신을 문 밖으로
내던졌다.

XXXIV. 해롯 백화점

게리온은 자신의 호텔방 침대 끄트머리에 앉아 TV의 빈
화면을 바라보았다.

───────

오전 일곱 시였다. 마음의 동요를 주체할 수가 없었다. 헤
라클레스에게 전화하는 걸
이틀이나 미루고 있었다. 지금도 그는
(양말 서랍 밑바닥에다 치워놓은) 전화기를 보고 있지 않았다.
그는
5월 광장 반대편 호텔방에 있는 두 사람에 대해 생각하고
있지 않았다.
그는
헤라클레스가 마치 잠에서 덜 깬 곰이 꿀단지 뚜껑을 열듯
새벽에 사랑을 나누는 걸 얼마나 좋아했는지
추억하고 있지 않았다―게리온은
갑자기 벌떡 일어나 욕실로 들어갔다. 코트를 벗고 샤워기
를 틀었다.

1분 30초 동안

차가운 물 아래 서 있는데 에밀리 디킨슨의 글귀가 머릿속에서 맴돌았다.

> 나는
> 이렇게 늦은 철에
> 복숭아를
> 손에 들었던 적이
> 없었지……*

왜 복숭아지? 그런 궁금증을 느끼고 있는데 양말들의 동굴 속 깊숙한 곳에서 전화벨이 울렸다.

게리온은 전화기를 향해 돌진했다.

게리온? 너니? 배고파? 헤라클레스의 목소리가 말했다. 그리하여 한 시간 후

게리온은 아침 손님들로 번잡한 카페 미트벨트에서

앙카시와 마주앉게 되었다. 헤라클레스는 신문을 사러 나간 뒤였다.

앙카시는 무척 꼿꼿하게 앉아 있었다.

살아 있는 깃털처럼 아름다운 남자였다. 이름이—무슨 뜻이지? 스페인어인가?

---

* 에밀리 디킨슨이 앨리스 터커맨에게 보낸 편지글에서 인용.

아니 케추아어야. 케추아어?*

케추아어는 안데스에서 사용하는 언어야. 페루의 가장 오래된 토착어 중 하나지.

페루 출신이야?

우아라스 출신. 그게 어디 있는데? 우아라스는 리마 북쪽 산지에 있어.

거기서 태어났어?

아니, 우아라스는 우리 어머니 고향이야. 나는 리마에서 태어났어. 우리 아버지가 성직자였는데

주교가 되고 싶어 하셔서

어머니가 나를 데리고 산지로 돌아갔어. 앙카시가 미소 지으며 덧붙였다. 헤라클레스 말마따나,

열대의 삶이 그런 거지.

헤라클레스가 나타나서 게리온의 머리를 헝클어뜨리고 지나갔다. 나 말이야?

그가 자리에 앉으며 말했다.

하지만 게리온은 앙카시만 바라보고 있었다. 어머니는 아직 우아라스에 계셔?

아니. 작년 겨울에 그쪽 산지에서

테러리스트들이 차와 TV 방송국을 폭파시켰어. 어머닌 화가 나셨지.

    *
    앙카시anqash는 케추아어로 '가벼운'이라는 뜻.

어머닌, 죽음은 어리석은 거야, 라고 말씀하시고는 리마로 돌아가셨어.

어머니가 리마를 좋아하셔? 리마를 좋아하는 사람은 없어. 그런데 거기서 어떻게 사시지? 혼자 사셔?

그렇진 않아. 일주일에 5일씩

부자 부부—미국에서 온 인류학자와 그 아내에게

요리를 해주시지.

그 인류학자는 어머니에게 돈을 내고 케추아어를 배우고 있어. 어머니를 그의 집 지붕에 살게 해주고.

지붕? 리마에선 모든 걸 활용해.

케추아어? 나도 케추아어를 좀 알지. 헤라클레스가 쾌활하게 끼어들었다. 앙카시가 그에게 거친 눈빛을 보냈다.

헤라클레스가 말을 이었다.

노랜데 난 곡은 모르고 가사만 알아 내가 작곡을 할 수도 있겠지.

그가 노래를 부르기 시작했다. 목소리가

어린아이의 말 같은 이상한 음절들을 따라 오르내렸다. 게리온은 불안하게 그를 지켜보았다.

헤라클레스의 목소리가

빗속에 발산하는 향기처럼 흘러나왔다.

Cupi checa cupi checa

varmi in yana yacu

cupi checa cupi checa

apacheta runa sapan

cupi checa

in ancash puru

cupi chec

in sillutambo

cupi checa

cupi checa.

노래를 마친 헤라클레스는 게리온을 향해 씩 웃으며 말했
다. '쿠피 체카' 노래야.

앙카시한테 배웠지.

가사가 무슨 뜻인지 알고 싶어? 게리온은 고개만 끄덕였다.

쿠피 체카가 무슨 뜻이냐면

오른쪽 왼쪽 오른쪽 왼쪽—뒤로 기울어져 뒤쪽 두 다리로
균형을 잡고 있던 앙카시의 의자가

탕 소리를 내며 앞으로 기울었다.

케추아어 수업은 다음에 하자. 정오가 되기 전에 우체국
에 가고 싶어.

곧 그들은 밖으로 나가

볼리바르 거리를 빠르게 걸었다. 세찬 바람이 현을 퉁기듯 그들의 몸을 때렸다.

헤라클레스는 강아지처럼 앞에서 폴짝거리며

온갖 것들의 냄새를 맡고 상점들의 모든 물건들을 가리켰다. 앙카시와 게리온은

뒤를 따랐다.

안 추워? 게리온이 코트를 입지 않은 앙카시에게 물었다. 괜찮아. 앙카시가 대답했다.

그러고는 곁눈질로 게리온을 보았다.

사실은 추워. 그가 미소 지으며 말했다. 게리온은 자신의 코트를 벗어 이 깃털 인간의 몸을

감싸주고 싶었다. 그들은

바람을 피해 잔뜩 웅크리고 걸었다. 겨울의 태양이 하늘에서 음산한 빛을 던졌고

지나가는 사람들은

눈이 부신 듯 보였다. 모피를 입고 하이힐을 신은 여자 둘이 커다란 금빛 여우처럼

엉덩이를 실룩거리며 다가왔다. 아니—

옆으로 지나치면서 보니 남자들이었다. 앙카시도 그들을 보고 있었다. 여우들은

군중 속으로 사라졌다.

앙카시와 게리온은 계속 걸었다. 이제 허기가 그들과 함께 걷고 있었다. 아까

헤라클레스가 부른 노래 말야, 게리온이 말했다.

중간에 네 이름이 나오던데―'인 앙카시 푸루'라는 구절에 ―맞아?

귀가 밝네. 앙카시가 말했다.

그게 무슨 뜻이야? 게리온이 물었다. 앙카시는 주저했다. 번역하기 어려워. 앙카시는―

그때 헤라클레스가 그들에게로 휙 돌아서서 두 팔을 흔들었다. 여기야!

그가 짙은 빨강 차양이 달린

아주 큰 백화점을 가리키며 외쳤다. '런던 해롯 백화점'. 문 위에 황동 글씨로 그렇게 씌어 있었다.

헤라클레스는

회전문 안으로 사라져버렸다. 게리온과 앙카시도 따라갔다. 그러곤 걸음을 멈췄다.

해롯 백화점 안에서 삶은 정지한 상태였다.

무감각한 잿빛 황혼 속에서 여점원들이 난파선의 생존자처럼 떠다녔다. 손님은 없었다.

통로들에서 차茶 냄새가 났다.

진열장 깊숙한 곳 먼지 낀 새틴 위에 싸늘한 물건 몇 개가
좌초된 듯 놓여 있었다.

비스킷 통이 토해낸 영국 공기 덩어리들이

정처 없이 실내를 배회하며 갑작스럽게 냄새가 희미해지는
지점을 만들었다.

불이 아주 환하게 밝혀진 진열장에서

맹렬히 똑딱거리는 시계와 손목시계는 모두 6시 15분을 가
리키고 있었다.

게리온은 에스컬레이터를 타고 올라가는

머리를 보았다. 가자. 그가 앙카시에게 말했다. 헤라클레
스는 늘 화장실을 잘 찾아내지.

앙카시는 고개를 끄덕였다.

에스컬레이터 꼭대기에서 그들은 피라미드 모양의 혀 젤리*와

고무장화를 지나쳤고 헤라클레스가

반대편에서 손을 흔들어댔다. *보여줄 게 있어! 이리 와!*

그들은 해롯 백화점 2층

뒷벽에 기대서서 본 것에 대해 며칠 동안 이야기하게 될 터
이다.

2층은 혀와 장화들을 제외하면

사실상 비어 있다. 하지만 그림자 속에서 맴도는 존재가 하
나 있으니,

* 삶은 소혀와 젤라틴으로 만든 요리.

고장 난 베이즈* 룰렛판 위

금빛과 은빛 기둥에 묶인 여섯 마리의 실물 크기 나무 동물들이 있는 서커스단 회전목마다.

사자와 흰 조랑말은 여전히 똑바로 서서

입에 거품을 물고 앞으로 나아가고 있다. 얼룩말, 코끼리, 호랑이, 검은 곰은 옆으로 누워 하늘 쪽을 응시하고 있다.

유아 휴게실이야. 헤라클레스가 말했다. 아르헨티나의 어원이야. 앙카시가 말했다.

게리온은 얼룩말 옆에 무릎을 꿇고 앉았다.

우리 호랑이 훔쳐볼까? 헐렁한 것 같은데. 헤라클레스가 말했다.

아무도 대답하지 않았다.

앙카시는 게리온을 바라보고 있었다. 그도 무릎을 꿇고 앉았다. 게리온은 나중에

사진을 찍을 수 있도록

얼룩말을 기억에 담았다. '저속 촬영으로'. 그는 불타는 눈 위

색칠된 눈꺼풀의 톱니 부분에

하나하나 붙여놓은 실크 속눈썹을 손끝으로 만져보았다.

분명 독일제일 거야. 앙카시가 말했다.

솜씨를 봐.

게리온은 앙카시가 누군지 기억하려는 듯 그를 보았다.

　　•
　당구대에 흔히 까는 녹색 천.

나중에 네 사진 찍어도 돼?

게리온이 말했다.

바로 그때 얼룩말의 유리눈에 작고 굴절된 헤라클레스가
나타났다.

헤라클레스가 우뚝 서서 말했다.

앙카시 네 어머니께 호랑이를 갖다드리고 싶어.

어머니 생신 때문에 가는 거잖아—

완벽한 선물이야! 호랑이가 케추아어로 뭐지? 네가 말해
준 적 있는데 까먹었어.

테스카*Tezca*. 앙카시가 일어서며 대답했다.

테스카, 맞아 테스카, 호랑이 신. 하지만 호랑이 신은 다
른 이름도 있잖아, 안 그래?

이름이 많지—

헤라클레스 뭐하는 거야? 헤라클레스가 호랑이를 바닥에
서 들어 올리고 있었다.

그는 주머니칼로

호랑이와 서커스 장비를 연결하는 두꺼운 가죽 고삐를 자
르기 시작했다.

좋아 헤라클레스 우리가 그걸

해롯 백화점에서 들고 나갈 수 있다고 치자—앙카시가
이성적으로 말했다—그런데 공항에선 어쩌지?

페루항공에서

실물 크기의 서커스 나무 동물을 비행기에 싣는 걸 거부할 수도 있다는 생각 안 들어?

불경한 말 하지 마. 헤라클레스가 헐떡거리며 대꾸했다.

서커스 나무 동물이 아니라 호랑이 신 테스카야. 테스카는 화물칸에 타면 돼.

화물칸?

총 가방에 넣으면 돼 페루에 총 가지고 들어가는 사람들 많아.

앙카시는 회전목마 가장자리에 앉아

두 팔을 무릎에 내려놓았다. 그는 헤라클레스를 쳐다보았다.

게리온은 앙카시를 쳐다보았다.

게리온은 속으로 분노하고 있었다―그래 둘이 나를 여기 남겨두고 뒤도 안 돌아보고

페루로 간단 말이지―그때 둔중한 덜컹거림이

오싹한 소리를 덮쳤다. 해롯 백화점이 어둠에 휩싸였다. 게리온은 작은 목소리가 이렇게 말하는 걸 들었다.

헤라클레스는 늘 두꺼비집을 잘 찾아내지.

백화점 전체에 비상벨이 울렸고 헤라클레스가 달려 올라왔고 셋이 힘을 합쳐

호랑이를 그의 어깨에 올리고

에스컬레이터로 향했다. *Vamos hombres*(애들아 가자)! 헤
라클레스가 외쳤다.

그렇게 그들은 페루로 갔다.

XXXV. 글래디스

그는 몹시 굶주렸을 뿐 아니라 훨씬 더 굴욕적인—

————

머랭 파이처럼 붉은 사암에 길고 흰 구멍이 나 있는
아르헨티나와 칠레를 나누는 산맥 위
12,000미터 고도에서—게리온은 성적 흥분을 느꼈다.
그는 헤라클레스와 앙카시 사이에 앉아 있었다.
기내는 추웠고 그들 셋은 페루항공 담요를 함께 덮고 있었다.
게리온은 책을 읽으려고 애쓰고 있었다.
그는 리마까지 반쯤 간 안데스 산맥 상공에서 옴짝달싹
못하는 신세가 될 때까지
  부에노스아이레스 공항에서 산 소설이
  포르노였음을 알아차리지 못했다. 그는 "글래디스가 나이
트가운 속으로 손을 집어넣어
  자신의 허벅지를 애무하기 시작했다"
  따위의 따분한 문장에 흥분하는 자신에게 화가 치밀었다.
글래디스!

그는 그 이름을 증오했다. 하지만

페루항공 담요 속 그의 허벅지는 몹시 뜨거웠다. 게리온은 불을 끄고 책이 눈에 보이지 않도록

앞좌석 주머니 깊숙이 밀어 넣었다.

그리고 어둠 속에서 뒤로 기대앉았다. 왼쪽에 앉은 헤라클레스가 자면서 몸을 뒤척였다.

앙카시는 오른쪽에서

아무 움직임이 없었다. 게리온은 다리를 꼬려고 했지만 불가능해서 왼쪽으로 비스듬히 앉았다.

그는 헤라클레스의 어깨에 기대보려고

자는 척하려고 했다. 그는 얼굴 가까이에 있는 가죽 재킷의 냄새와

가죽 속 헤라클레스의

단단한 팔의 감촉에 색깔처럼 강렬한 욕망을 느꼈다.

그 욕망은 배 아래쪽에서 폭발했다.

그때 담요가 움직였다. 게리온은 헤라클레스의 손이 자신의 허벅지를 더듬어오는 걸 느꼈고

헤라클레스의 입술이 그의 입술을 덮칠 때

게리온은 산들바람에 흔들리는 양귀비처럼 고개를 뒤로 젖혔다. 검음이 그에게로 스며들었다.

헤라클레스의 손이 그의 바지 지퍼에 가 있었다.

비행기가 섭씨 영하 57도 상공에서 구름을 헤치고 시속
978킬로미터로 움직이는 동안

게리온은 쾌락에 자신을 맡겼다.

여자 둘이 불그스름한 새벽어둠 속에서 첫솔을 들고 비틀
거리며 통로를 걸어왔다.

모두 아주 좋은 승객들이야,

게리온은 비행기와 함께 리마를 향해 하강하며 꿈꾸듯 생
각했다.

많은 사람들이 쿠션을 베고 자서

뺨에 빨간 자국이 나 있는 걸 보자 가슴 가득

애정이 밀려들었다. 글래디스!

XXXVI. 지붕

리마에서의 때 묻은 흰 토요일 아침.

————

하늘은 비라도 쏟아질 듯 무겁고 어두웠지만 리마에는
1940년 이후 비가 내린 적이 없었다.
게리온은 집 지붕에 서서
바다를 바라보았다. 사방에서 굴뚝들과 빨랫줄들이 그를
둘러싸고 있었다.
모든 게 이상하리만큼 조용했다.
이웃집 지붕에서 검정 실크 기모노를 입은 남자가 사다리
꼭대기로 나타났다.
남자는 기모노로 몸을 감싸 움켜쥐고
지붕으로 올라서서 녹이 슨 커다란 물탱크 앞으로 갔다.
그러곤 미동도 않고 서서 물탱크를 노려보다가
뚜껑을 눌러놓은 벽돌을 들고 안을 들여다봤다. 남자는 벽
돌을 제자리에 놓았다. 그는 다시
사다리를 내려갔다. 게리온은 고개를 돌려

앙카시가 지붕으로 올라오는 모습을 보았다. *Buenos días*
(좋은 아침). 앙카시가 말했다. 안녕. 게리온이 대답했다.

그들은 시선을 마주치지 못했다.

잘 잤어? 앙카시가 물었다. 잘 잤어. 그들 셋 다 지붕에서
잤다.

아래층 미국인에게서 빌린

슬리핑백 안에서. 앙카시의 어머니는 지붕을 거실, 침실,
그리고

원예 공간으로 나눠놓았다.

물탱크 옆이 손님들이 자는 공간이었다. 그 옆에 '앙카시의
방'이 있었는데,

앙카시가 자신의 티셔츠들을 옷걸이에

가지런히 걸어놓은 빨랫줄이 한쪽 경계선을, 긴 다리가 달
린 흠집 난 자개 서랍장이

반대쪽 경계선을 이루었다.

서랍장 옆은 서재였다. 서재에는 소파 두 개와 책이 가득
꽂힌

책장 하나가 있었다. 책상 위에는

담배 깡통으로 눌러놓은 신문 뭉치와 거위목 스탠드가 있
었는데

스탠드 플러그를 꽂은 금 간 연결코드는

책상을 가로질러 지붕을 지나 사다리를 타고 부엌까지 내려갔다.

앙카시는 서재에 야자 잎 천장을

만들어놓았다. 야자 잎이 바람 속에서 움직이며 나무 혀 차는 소리를 냈다.

서재 옆에는 두꺼운 비닐과

해체된 공중전화 박스 자재들로 만든 땅딸막한 구조물이 있었다.

여기서 앙카시의 어머니는 돈벌이 작물인

대마초와 요리용 허브를 키웠다. 그녀는 그곳을 *Festinito* (작은 축제)라고 불렀고

자신이 세상에서 제일 좋아하는 장소라고 했다.

성 프란치스코와 리마의 성녀 로사 석고상이 식물 사이에

격려하듯 서 있었다.

그녀는 바로 이 '작은 축제' 옆 밝은 색깔 담요들이 높이 쌓인 간이침대에서 잤다.

춥진 않았어? 앙카시가 물었다.

아 아니 괜찮았어. 게리온이 말했다. 사실은 간밤에 리마의 흐릿한 빨강 겨울별들 아래서 자면서

평생 그렇게 추웠던 적이 없었다.

앙카시가 지붕 가장자리로 걸어와 게리온 옆에 서서

거리와 바다를 내려다보았다.

게리온도 내려다보았다. 흰 공기를 가로질러 소리들이 날
아왔다. 탕탕 느린 망치 소리.

수도관 물소리처럼 시작되었다가 멈추는

불확실한 음악 소리. 여러 겹의 자동차 소리. 쓰레기 타는
소리.

개들의 건조한 으르렁거림. 소리는

처음엔 게리온에게 작게 들어왔다가 점차적으로 그의 마음
을 채웠다. 아래쪽 거리는

비어 있지 않았다. 남자 둘이

반쯤 지어진 벽 옆에 쭈그리고 앉아서 삽으로 작은 돌화덕
에서 벽돌을 꺼내고 있었다.

한 소년이 제 키만큼 큰 야자 잎으로

교회 계단을 쓸고 있었다. 남자와 여자가 선 채로

플라스틱 통에 든 아침을 먹으며

반대편 거리의 위쪽과 아래쪽을 바라보고 있었다. 그들의
차 후드에

보온병과 컵 두 개가 놓여 있었다.

카빈총을 든 경찰관 다섯 명이 어슬렁거리며 지나갔다. 저
아래 해변에서는

축구팀이 연습을 하고 있었고

그 너머로 더러운 태평양이 밀려들었다. 아르헨티나랑 다르네. 게리온이 말했다.

무슨 뜻이야?

여긴 서두르는 사람이 없어. 앙카시는 미소를 지었지만 아무 말도 하지 않았다. 다들 너무도 부드럽게 움직여.

게리온이 덧붙였다. 그는 축구팀을 보고 있었는데

그들의 움직임은 꿈속 같은 곡선의 나른함을 띠고 있었다. 타는 냄새가 바람을 타고 날아왔다.

걔들이 급할 것 하나 없이

쓰레기와 방파제를 따라 핀 금송화에 코를 박고 있었다. 맞아 아르헨티나인이

훨씬 더 빠르지. 늘 어딘가로 가고 있고.

게리온은 방파제에서 어슬렁거리는 작은 페루인 여럿을 볼 수 있었다. 그들은 자주

걸음을 멈추고 아무것도 아닌 걸 쳐다봤다.

다들 기다리고 있는 것 같아. 게리온이 말했다. 뭘 기다려? 앙카시가 물었다.

그래 뭘 기다려. 게리온이 말했다.

갑자기 쉬이이익 소리가 요란하게 울렸다. 그들의 발치에서 지붕을 가로지르는 전선이

가벼운 스파크를 내며 폭발했다.

제장, 배선 공사 좀 다시 했으면 좋겠어. 누가 부엌 전기주
전자 플러그를 꽂을 때마다

폭발을 하니. 앙카시가 말했다.

사다리에서 헤라클레스의 머리가 나타났다. *Hombres*(애
들아)! 그가 지붕으로 기어오르며 말했다. 그는 손에 든

커다란 파파야 덩어리를 게리온을 향해 흔들었다.

게리온 너도 이거 먹어봐! 태양을 먹는 것 같다니까!

그는 과일에 이를 박으며 씩 웃었다.

과즙이 그의 얼굴과 벗은 가슴으로 흘러내렸다. 게리온은
태양 한 조각이

헤라클레스의 젖꼭지와 배를 지나

청바지 속으로 사라지는 광경을 보았다. 그는 시선을 옮겼
다. 앵무새 봤어?

헤라클레스가 물었다.

앵무새? 게리온이 되물었다. 응 앙카시 어머니가 집 앞쪽
에 있는 방 가득 앵무새를 키우고 있어.

한 쉰 마리는 될 거야.

자주색 초록색 오렌지색 파란색 노란색 무슨 폭발이라도
일어난 것 같다니까 그리고

완전히 금색인 끝내주는 놈도 있어.

앙카시 어머니가 그놈을 없앨 거래. 왜? 게리온이 물었다.

자기보다 작은 걸 다 죽여서.

　지난주에는 고양이를 죽였어.

　그건 그냥 추측이지. 앙카시가 끼어들었다. 그 앵무새가
고양이 죽이는 걸 본 사람은 없어. 누구 고양인데?

　게리온이 알아듣기 힘들어하며 물었다.

　마거릿. 앙카시가 말했다. 마거릿은 아래층에 사는 미국인
의 부인이야

　어젯밤에 우리한테 슬리핑백 빌려준 여자

　기억나지? 아, 손이 차가운 여자. 게리온이 말했다. 그는
새벽 네 시에 희뿌연 부엌에서

　소개받았던 일이 거의 기억나지 않았다.

　문제는, 그 앵무새가 아니면 누가 고양이를 죽였겠느냐는
거지. 헤라클레스가 우겼다. 게릴라일 수도 있지.

　앙카시가 말했다. 작년 겨울에 게릴라들이

　어느 주말에 우아라스 고양이를 전부 다 죽였거든. 왜?
게리온이 물었다. 하나의 제스처지. 앙카시가 대답했다.

　무슨 제스처? 게리온이 물었다.

　TV 방송에 대통령이 자기 집 거실에서 이야기하는 장면이
나왔어.

　대통령은 고양이를 무릎에 안고 안락의자에 앉아서

　경찰이 어떻게 테러리스트들을 완전히 제압하게 되었는지

설명했지.

그다음 날 고양이들이 다 죽었어.

부인을 안고 있지 않았던 게 천만다행이군. 헤라클레스가 턱을 핥으며 말했다.

전선에서 다시 스파크가 튀었다.

전선에서 검은 연기가 조금 피어올랐다. 내가 고칠까? 헤라클레스가

청바지에 손을 닦으며 말했다.

좋지 어머니가 고마워하실 거야. 앙카시가 말했다. 강력 접착테이프 있어? 헤라클레스가 물었다.

몰라 부엌에 가서 찾아보자.

두 사람은 사다리 아래로 사라졌다. 게리온은 잠시 눈을 감으며

코트를 단단히 여몄다.

바람이 바뀌어 있었다. 이제 바다에서 불어오는 바람이 날 것 냄새를 실어왔다.

게리온은 추웠다. 허기도 졌다. 그의 몸은

자물쇠로 잠긴 상자 같았다. 리마는 끔찍해, 그는 생각했다. 내가 왜 여기 있는 거지?

머리 위 하늘도 기다리고 있었다.

XXXVII. 목격자들

토요일이 하얗게 이어졌다.
————

게리온은 방파제를 따라 걸었다. 그는 무리 지어 기다리고 있는 사람들과
홀로 기다리고 있는 사람들을 지나쳤다.
흥분도 없었고 흥분의 부재도 없었다. 개들도 기다렸다.
경찰도 주차된 차에 총을 기대놓고
기다렸다. 축구팀은 해변에서 철수하여 방파제가 내려다보이는 베란다에서
기다렸다.
기다리면서 대부분의 사람들이 바다나 거리를 응시하고 있었다. 몇 명은
돌을 걸어찼다. 게리온은 집을 향해
걷기 시작했다. 한 블록 떨어진 곳에서 앵무새 소리가 들렸다. 집에는 아무도 없었다.
그는 지붕으로 올라가서

자신의 간이침대에 앉아 리마를 어떻게 사진에 담을 것인
지 생각해보려고 애썼다. 하지만 그의 뇌는

특징 없는 하늘처럼 텅 비어 있었다.

다시 밖으로 나갔다. 방파제를 따라 걸으려고. 문이 닫힌
작은 집들을 많이 지나쳤다.

자갈길 위로 얼얼한 바다안개가

엉기어 있는 골목들을 내려갔다. 황폐한 공원 건너편에 라
마 두 마리가

거대한 청동 두상 옆에 묶여 있었는데,

두상은 웃으며 죽은 사람처럼 입을 O자로 벌리고 있었다.
게리온은 그 입에 앉아

발을 대롱거리며 바나나를 먹었고

라마들은 성글게 자란 풀을 뜯었다. 게리온은 불안이나 슬
픔 같은 감정 상태에는

단계가 있지만 권태에는

단계가 없다고 생각했다. 난 대단한 존재는 될 수 없을 거
야. 그가 라마들에게 말했다.

라마들은 고개도 들지 않았다.

게리온은 반쯤 먹은 바나나를 라마 가까이로 던졌다. 라마
들은 그걸

코로 밀어내고 계속 풀을 뜯었다.

게리온은 밤이 오고 있는 걸 보았다. 그는 입에서 내려와
자신의 길을 갔다.

앞 창문에 육각형 무늬 철조망이 쳐져 있고,

그 안에서 50마리의 빨강 앵무새들이 의식 있는 폭포처럼
다이빙하며 울부짖는 집을 향해

방파제를 다시 걸었다.

사진 제목으로 쓰면 좋겠군, 게리온은 걸으며 생각했다.
그는

밤만 되면 힘이 솟았다.

몇 시간 후 게리온은 지붕 위 자신의 간이침대에 앉아 잠에
대해 생각하고 있었지만

너무 추워서 움직일 수가 없었다. 앙카시가

담요 몇 장을 안고 사다리를 올라왔다. 그리고 게리온 옆
바닥에 담요를 내려놓았다.

리마에서 겨울밤에

몸을 따뜻하게 유지하는 법을 알려줄게. 앙카시가 말했
다. 아주 간단해. 중요한 건

너 오줌 눠야 해?

왜냐하면 내가 담요로 네 몸을 돌돌 말아놓으면 아침까지
그대로 있어야 하거든.

아니 오줌은 안 눠도 되지만—

좋아 그럼 이리 와서 코트 벗어.

뭘 벗으라고?—헤라클레스가

사다리에서 뛰어내리며

말했다. 너희들

나만 빼고 여기서 파티하는 거야?

앙카시는 담요 하나를 펼치고 있었다.

게리온에게 밤에 몸을 따뜻하게 유지하는 법을 알려주고

있어. 그가 말했다. 헤라클레스는

빙글거리며 그들에게 다가갔다.

나도 밤에 몸을 따뜻하게 하는 몇 가지 방법을 알려줄 수

있는데. 게리온은

전조등 불빛 속 산토끼처럼 얼어붙어 있었다.

앙카시가 다가왔다. 가만히 좀 있지그래. 그가 헤라클레스

에게 말했다.

짙은 침묵이 흘렀다.

헤라클레스가 어깨를 으쓱하고는 돌아섰다. 좋아. 난 아래

내려가서 너희 어머니랑

대마초나 피워야겠다.

우리 어머닌 대마초 안 피워 팔기만 하지. 앙카시가 헤라

클레스의 등에 대고 말했다.

그리고 너한테도 돈을 받을걸.

두고 보자고. 헤라클레스는 그렇게 말하고 사다리 아래로 사라졌다. 앙카시는 게리온을 보며 말했다.

다루기 힘든 친구야.

그가 담요를 들었다. 게리온은 멍하니 쳐다보았다.

좋아 이제 코트 벗고

이쪽 끝을 잡고 있어 내가 몸에 담요를 감아줄게. 앙카시는 담요를 내밀며

말했다.

순모라 제대로 감으면 체온을 전혀 빼앗기지 않아

자 게리온 팔을 들어야—

잠깐 앙카시, 게리온이 말허리를 잘랐다. 멋진 방법이고 정말 고마운데

내가 직접 하게 담요를 두고 가는 게 더 좋겠어—

게리온 바보 소리 마

네가 직접 어떻게 해? 몸 전체를 두세 번 감아야 하고 그다음엔 네가 침대에 누우면

내가 담요를 덮어줘야 하는데—

아냐 진짜 앙카시 나는—

게리온 넌 가끔 내 인내심을 시험하는 것 같아 그냥 해 알겠지? 내 호의를 의심하지 말고 받아줘

오늘 아주 길고 힘든 하루를 보냈으니까.

앙카시는 게리온에게 다가가 그의 코트를 어깨와 팔 아래로 끌어내렸다.

코트가 바닥에 떨어졌다.

앙카시는 게리온의 손에 담요를 쥐여준 다음 뒤에서부터 담요를 감기 위해

그를 돌려세웠다.

돌연 그 밤은 정적을 담은 그릇이 되었다. 예수님 성모님 성 요셉님.

앙카시가 조용히 말했다.

그가 작은 소리로 휘파람을 불었다. 앙카시는 게리온의 날개를 처음 보는 것이었다.

날개는 게리온의 티셔츠 뒤판에

길쭉하게 뚫린 두 개의 구멍에서 바스락거렸고 밤바람에 살짝 처져 있었다.

앙카시는 두 날개의 밑동과 연결된

빨강 관절을 손가락으로 천천히 만져보았다. 게리온은 진저리를 쳤다.

그는 이대로 기절해버리는 건 아닐까 생각했다.

야스카마크*Yazcamac.* 앙카시가 속삭였다. 그는 게리온의 두 팔을 잡고

자신을 향해 돌려세웠다. 뭐라고 했어?

게리온이 아득한 목소리로 물었다. 여기 좀 앉아 우리 얘기 좀 해야겠다. 앙카시가 게리온을

간이침대에 앉혔다. 앙카시는

바닥에서 담요를 집어 게리온의 어깨에 둘러준 다음 옆에 앉았다.

고마워. 게리온이

담요를 끌어올려 머리를 덮으며 웅얼거렸다. 게리온 내 말 잘 들어,

앙카시가 말하고 있었다.

우아라스 북쪽 산지에 주쿠라는 마을이 있는데 주쿠에는

이상한 믿음이 있지.

거긴 화산 지역이야. 지금은 활화산이 아니지만. 옛날에 주쿠 주민들은

화산을 신으로 숭배했고

사람들을 거기 던지기도 했어. 제물로? 담요에서

머리를 내민 게리온이 물었다.

그건 아냐. 그보단 하나의 시험이라고 할 수 있었지. 그들은 화산 내부에서 온 사람을

찾고 있었어. 현자들을.

성자라고도 할 수 있겠지. 케추아어로는 '야스콜 야스카마크 *Yazcol Yazcamac*'인데

'가서 보고 돌아온 사람들'이라는 뜻이야—

인류학자는 '목격자들'이라고 하겠지. 그런 사람들이 실제로 존재했어. 그들에 대한 이야기가

아직까지 전해져 내려오고 있어.

목격자들. 게리온이 말했다.

그래. 화산 내부를 본 사람들.

그리고 돌아온.

그래.

어떻게 돌아왔는데?

날개.

날개? 응 야스카마크는 날개 달린 빨간 사람이 되어 돌아온대.

모든 약점이 다 타서 없어진 상태로—

인간의 유한성까지도 말이야. 게리온 왜 그래? 게리온이 미친 듯 긁어대고 있었다.

뭐에 물린 거 같아. 게리온이 말했다.

젠장 어디 있던 담요인지 모르겠네. 이리 줘—앙카시가

담요를 끌어당겼다—아마

앵무새 진드기일 거야 앵무새들이—*Hombres*(얘들아)! 헤라클레스가 껑충껑충 사다리를 올라오며 말했다.

무슨 일이게? 우리 우아라스에 간다!

너희 어머니가 나한테 우아라스를 보여주고 싶대! 앙카시는 아무 눈치도 못 채고

게리온 옆에 털썩 앉는 헤라클레스를

멍하니 바라보고 있었다. 게리온 안데스 산맥 높은 곳에 가는 거야!

내일 아침 일찍 차를 빌려서

출발할 거야. 어두워질 때쯤엔 도착할 수 있을 거래. 마거릿이

너희 어머니에게 하루 휴가를 준대—

헤라클레스가 앙카시를 돌아보며 말했다. 그래서 주말 내내 거기 있다가 일요일 밤에 돌아와도 돼—

어떻게 생각해?

그가 앙카시를 향해 씩 웃었다. 네가 수완이 참 좋다고 생각해.

그렇지! 헤라클레스는 웃음을 터뜨리며

게리온의 담요를 젖혔다. 나는 괴물들을 다루는 데 명수거든 안 그래?

그는 게리온을 붙잡더니

침대에 넘어뜨렸다. 꺼져 헤라클레스. 게리온이 헤라클레스의 팔 아래서

억눌린 목소리로 말했다.

헤라클레스가 벌떡 일어나—렌터카 회사에 전화해야지
—하더니 사다리를 달려 내려갔다.

앙카시는 게리온이 침대 가장자리로

몸을 움직여 천천히 똑바로 일어나 앉는 걸 조용히 지켜보
았다.

게리온 우아라스에 가면 조심해야 할 거야.

거긴 아직도 목격자를 찾는 사람들이 있어. 혹시 네 그림
자를

확인하는 사람이 있으면

나한테 와, 알았지? 그러면서 앙카시가 미소를 보냈다. 알
았어. 게리온도 거의 미소를 지을 뻔했다.

앙카시가 가만히 있다가 말했다.

그리고 말야 오늘 밤에 추우면 나랑 같이 자도 돼. 그는
게리온을 한 번 보더니 덧붙였다. 그냥 잠만 자는 거야.

그 말을 남기고 앙카시는 자리를 떴다.

게리온은 지붕들 너머 어둠을 응시했다. 밤의 태평양은 빨
강이고

갈망의 그을음을 발산한다.

방파제에선 10미터 정도마다 서로 뒤엉켜 있는 작은 커플
들이 보였다.

그 모습이 인형 같았다.

게리온은 그들을 질투하고 싶었지만 질투가 나지 않았다.
여기서 벗어나야만 해,
　그는 생각했다. 불멸의 존재로든 무엇으로든.
　게리온은 자신의 슬리핑백으로 기어들어가 새벽까지 꼼짝
도 않고 잤다.

XXXVIII. 자동차

게리온은 뒷좌석에 앉아 헤라클레스의 얼굴 언저리를 바라
보고 있었다.

————

게리온은 가시 꿈을 꾸었다. 거대한 흑갈색 가시나무 숲에서
어린 공룡처럼 보이는 (그런데도 묘하게 사랑스러운)
동물들이
덤불을 뚫고 돌진했고 그들의 가죽이 찢겨
길쭉하고 빨간 가죽조각이
남았다. 게리온은 그 사진을 '인간 밸런타인*들'이라고
부르고 싶었다.
앞좌석의 헤라클레스가 타말레**를 사려고 창문을 내렸다.
그들이 탄 차는
리마 시내를 달리고 있었다. 신호에 걸릴 때마다
아이들이 차로 몰려들었다.
음식이나 카세트테이프, 십자가상, 미국 달러, 잉카 콜라를
파는 아이들이었다.

> *
> 사랑의 순교자였던 로마의 성인 발렌티노의 이름에서 유래한 단어로서
> '연인'이라는 뜻도 있음.
> **
> 옥수숫가루, 다진 고기, 고추로 만든 멕시코 요리.

Vamos(가자)*!* 헤라클레스는

아이들의 팔을 차에서 밀어내며 외쳤고 앙카시의 어머니는 기어를 바꿔

총알처럼 앞으로 돌진했다.

타말레의 강렬한 냄새가 차에 가득 찼다. 차 옆구리에 구멍이 숭숭 나서

기름투성이 천 뭉치로 막아놨는데

앙카시는 그중 하나에 머리를 기대고 잠이 들었다.

에어컨 나오는 차로 구했어요!

헤라클레스가 차를 빌려와서 히죽 웃으며 알렸다.

앙카시의 어머니는 평소 습관대로

아무 말도 없었지만 헤라클레스에게 운전석에서 나오라는 몸짓을 했다. 그러곤

그녀가 운전석에 앉았고 여행이 시작되었다.

몇 시간 동안 리마 근교의 희끄무레한 진흙길을 달렸다.

이곳의 집들은 시멘트 포대를 높이 쌓고

그 위에 판지 지붕을 얹거나 자동차 타이어를 둥글게 배치하고 그 한가운데 타이어 하나가

불에 타고 있는 형태였다.

게리온은 이 판지 집들에서 뾰족한 흰 칼라가 달린 깨끗한 교복을 입은 아이들이 나와서

책가방을 높이 들고

깡충거리고 깔깔거리며 고속도로변을 따라 걸어가는 모습을 지켜보았다.

그러고는 리마가 끝났다.

차가 짙은 안개의 주먹 속에 갇혔다. 차는 무턱대고 달렸다. 도로나 바다를 알려주는 표지판도 없었다.

하늘이 어두워져갔다.

그러다 돌연 안개가 끝나고 그들은 빈 고원에 이르렀다.

초록의 사탕수수 벽이

차 양쪽으로 곧게 솟아 있었다. 사탕수수도 끝났다. 그들은 바위를 깎아서 만든

지그재그 모양의 길을

오후 내내 오르고 또 오르고 또 오르고 또 올랐다.

다른 차를 한두 대 지나친 후

그들은 온전히 혼자였고 하늘이 자신을 향해 그들을 들어올리는 듯했다.

앙카시는 자고 있었다.

그의 어머니는 말을 하지 않았다. 헤라클레스도 이상하게 조용했다. 무슨 생각을 하고 있을까?

게리온은 궁금했다.

게리온은 차창 밖으로 지나치는 선사시대 바위들을 바라보

며 생각들에 대해 생각했다.

둘이 연인이었을 때도

게리온은 헤라클레스가 무슨 생각을 하는지 알 수가 없었다. 가끔 그는

무슨 생각을 하고 있어? 라고 물었고

그때마다 자동차 범퍼에 붙이는 스티커나 몇 년 전 중국집에서 먹은 요리 같은

이상한 걸 생각하고 있다는 대답을 들었다.

게리온이 무슨 생각을 하고 있는지 헤라클레스는 단 한 번도 물은 적이 없었다.

그들 사이의 공간에 위험한 구름이 생겨났다.

게리온은 다시 그 구름 속으로 들어가선 안 된다는 걸 알았다. 갈망은 가벼운 문제가 아니다.

검은 핏자국이 묻은

반짝이는 가시들이 눈에 선했다. 언젠가 헤라클레스가 자신은 차 안에서

문짝에 양손이 묶인 채

남자와 사랑을 나누는 판타지를 갖고 있다고 했다. 어쩌면 그 생각을 하고 있는지도 모르지,

게리온은 헤라클레스의 옆얼굴을 지켜보며

그렇게 생각했다. 별안간 차가 공중으로 날아오르더니

다시 도로로 추락했다.

성모님! 앙카시의 어머니가 내뱉었다. 차가 앞으로 기울었고 그녀는 기어를 바꿨다.

위로 올라오는 동안

꾸준히 험난해진 도로는 이제 바위로 뒤덮인 흙길이나 매한가지인 상태가

되어 있었다. 이미

어둠이 내린 듯했지만 차가 모퉁이를 돌자 하늘이

그들 앞으로 돌진했다—

하늘은 마지막 순간의 석양이 폭발하는 금빛 그릇이었다—
그러다 다시 모퉁이를 돌자

어둠이 모든 걸 지워버렸다.

햄버거 생각이 간절하다. 헤라클레스가 말했다.

앙카시가 자면서 신음을 냈다.

앙카시의 어머니는 아무 말도 하지 않았다. 차가 지붕 없는 작은 시멘트 집을 지나갔다.

그런 집이 또 나왔다. 그다음엔

달빛 아래서 땅바닥에 쭈그리고 앉아 담배를 피우는 여자들의 무리가 보였다.

우아라스다. 게리온이 말했다.

XXXIX. 우아라스

우아라스에서는 물이 섭씨 70도에서 끓는다.

———————

이곳은 매우 높다. 고도가 얼마나 되는지 들으면 심장이 뛸 것이다. 마을은

헐벗은 사암 산에 둘러싸여 있지만

북쪽으로는 완전히 눈에 덮인 각진 주먹이 우뚝 솟아 있다. 안데스!

헤라클레스가 식당으로 들어서며 외쳤다.

그들은 우아라스의 투리스티코 호텔에서 밤을 보냈다. 식당은 북향이었고

밖에서 잠시 눈이 멀 정도로

환한 아침 햇살을 받은 뒤라 실내가 무척 어둡게 느껴졌다. 그들은 자리에 앉았다.

이 호텔 투숙객은

우리뿐인 것 같아. 게리온이 빈 테이블을 둘러보며 말했다. 앙카시는 고개를 끄덕였다.

페루 관광산업은 끝났어.

외국인이 안 와? 외국인들도 안 오고 페루인들도 안 오고. 요샌 아무도 리마 북쪽으로 안 가.

왜? 게리온이 물었다.

무서우니까. 앙카시가 대답했다. 커피 맛이 이상하다. 헤라클레스가 말했다. 앙카시가 커피를 따라 맛을 보더니

어머니에게 케추아어로 뭐라고 말했다.

커피에 피를 넣어서 그렇대. 피라니 그게 무슨 소리야? 여기선 커피에 소 피를 넣거든.

그럼 심장이 튼튼해진다고.

앙카시가 어머니에게로 몸을 기울이고 무슨 말인가를 하자 어머니가 웃었다.

하지만 헤라클레스는 창밖을 내다보고 있었다.

빛이 신기해! TV 같아! 헤라클레스는 그렇게 말하고 재킷을 입기 시작했다.

누구 답사 나가고 싶은 사람?

잠시 후 그들은 우아라스 중심가를 따라 올라가고 있었다. 그 길은 눈의 주먹을 향해

빛과 분명한 관계를 이루며 솟아 있다.

길 양쪽으로 껌, 휴대용 계산기, 양말, 따뜻한 빵, 텔레비전, 가죽 끈, 잉카 콜라, 묘비,

바나나, 아보카도, 아스피린,

비누, AAA 건전지, 세탁솔, 자동차 전조등, 코코넛, 미국
소설, 미국 달러를 살 수 있는

작은 목제 가판대들이 길게 늘어서 있다.

이 가판대들은 겹겹의 치마를 입고 검은 페도라를 쓴, 작고
카우보이처럼

거친 여자들이 지키고 있다.

칙칙한 검정 양복과 페도라 차림의 남자들이 삼삼오오 모
여 서서

토론을 벌인다.

푸른색 교복이나 체육복에 페도라를 쓴 아이들이

가판대 사이를 뛰어다닌다.

미소는 약간, 부러진 치아는 꽤 많이 보이는데,

분노는 보이지 않는다.

앙카시와 그의 어머니는 헤라클레스와 스페인어로 이야
기할 때를 제외하곤

줄곧 케추아어로 대화를 나누었다. 게리온은

카메라를 손에 들고 말은 거의 안 했다. 나는 사라지고 있
어, 라고 그는 생각했지만

사진은 그만한 가치가 있었다.

화산은 다른 산들 같은 산이 아니다. 카메라를 눈에 갖다

대면

아무도 미리 계산할 수 없는 효과들이 나타난다.

XL. 사진: 시간의 기원

네 사람이 손을 앞에 모으고 테이블에 둘러앉아 있는 사진
이다.

————

가운데 있는 작은 사기그릇에서

대마초가 타고 있다. 그 옆에는 석유램프가 있다. 기괴한
직사각형들이 벽을 타고 춤을 춘다.

난 이걸 '시간의 기원'이라고 부르겠어,

게리온은 생각했다. 어딘가로부터 끔찍한 한기가 방으로
스며들고 있었다.

카메라를 설치하는 데

아주 긴 시간이 걸렸다. 그가 손을 움직이려고 할 때마다
순간의 거대한 웅덩이들이

그의 손 주위에서 계속해서 입을 벌렸다.

추위가 게리온의 시야 양쪽 측면을 대패질하듯 깎아내어
폭을 좁혔고

그곳으로 충격이―게리온은 바닥에

털썩 주저앉았다. 평생 이렇듯 몽롱하게 취해본 적이 없었
다. 난 너무 벌거벗었어,

그는 생각했다. 그 생각이 심오하게 느껴졌다.

그리고 난 누군가와 사랑에 빠지고 싶어. 이 생각 또한 그
의 마음 깊이 파고들었다. 다 틀렸어.

틀림이 하나의 손가락처럼

공기를 가르며 돌진했고 그는 몸을 숙여 피했다. 뭔데?
다른 사람들 중 하나가

수세기 후에 그를 돌아보며 물었다.

XLI. 사진: 제이츠

게리온의 바지 입은 왼쪽 다리를 무릎 바로 아래에서 클로
즈업해서 찍은 사진이다.

————————

게리온은 차 뒤창문에 카메라를 올려놓고는 그들 뒤로 너
무도 찬란해서
차갑게 느껴지는 동시에 뜨겁게 느껴지는
빛 속으로 멀어져가는 도로를 지켜보고 있다. 차는
이칸티카스로 이어지는
수직에 가까운 가파른 산길에 깔린 자갈과 바위 위를 돌진
한다.
자동차 여행은 어떤 사람들에겐 치질을 안겨준다.
차가 덜컹거릴 때마다 게리온은 조그맣게 빨강 비명을 내
지른다.
아무도 그 소리를 듣지 못한다.
헤라클레스와 앙카시는 앞좌석에서 (영어로) 예이츠에 대해
토론하고 있는데

앙카시는 예이츠를 제이츠라고 발음한다.

제이츠가 아니라 예이츠. 헤라클레스가 말한다. 뭐? 제이
츠가 아니라 예이츠라고. 나한텐 똑같이 들리는데.

젤로Jell-O와 옐로yellow의 차이랑 같은 거야.

젤로jellow?

헤라클레스는 한숨을 쉰다.

영어는 골치 아파. 앙카시 어머니가 뒷좌석에서 불쑥 선언
한다.

그 선언이 논란에 종지부를 찍는다.

앙카시가 브레이크를 밟고 차가 급정거한다. 게리온은 얼
음 송곳이 항문에서 척추까지

관통하는 듯한 통증을 느낀다.

불시에 나타난 군인 넷이 차를 에워싼다. 게리온이 그들의 총에

카메라 초점을 맞추자

앙카시의 어머니가 왼손으로 셔터를 막고 살며시 카메라를
게리온의 무릎 사이로 감춘다.

XLII. 사진: 온순한 것들

당나귀 두 마리가 그루터기 들판에서 뾰족한 풀을 뜯는 사진이다.

————

당나귀들이 뭘 어쨌다는 거지?
게리온은 생각한다. 차창 밖에는 당나귀 말고는 별로 볼 게 없고
그와 어머니는 뒷좌석에 앉아
기다리고 있다.
경찰이 앙카시와 헤라클레스를 데리고 길을 내려가
작은 흙벽돌집으로 사라졌다.
당나귀들은 비단결 같은 긴 귀를 뜨거운 하늘로 향하고 풀을 찾아 씹는다.
당나귀의 목과 옹이 진 무릎이
게리온을 슬프게 한다. 아니 슬픈 건 아니라고 그는 결론짓는다. 그럼 뭐지? 앙카시의 어머니가
빠르고 거친 스페인어로 몇 마디 한다.

오늘은 마음속 말들을 솔직히 꺼내놓기로 한 모양이다. 어
쩌면
게리온도 그럴 수 있을 것이다.
당나귀들이 뭘 어쩠다는 거지? 그가 소리 내어 말한다. 그
땅을 물려받으려고 기다리고 있는 모양이야.
앙카시의 어머니가
투박하고 짤막한 웃음을 터뜨리며 영어로 대답한다. 게리
온은 종일 그것에 대해 생각한다.

XLIII. 사진: 나는 짐승이다

접시 위에서 오른쪽을 보며 누워 있는 기니피그 사진이다.

———

그녀는 양배추 샐러드와 크고 얇게 자른 얌yam에 둘러싸
여 있다.
작고 완벽한 흰 이빨 두 개가
시커메진 아랫입술 위로 튀어나와 있다. 화덕에서 나온 지
얼마 안 되는 살이 아직 뜨거운 열기를 발산하며
지글거리고 그녀의 왼쪽 눈이
게리온을 똑바로 쳐다보고 있다. 게리온은 포크로 그녀의
옆구리를 두 번 소심하게 톡톡 치고는
포크를 내려놓고 식사가 끝나기를 기다린다.
한편 헤라클레스와 앙카시와 어머니와 군인 넷(그들을 점심
식사에 초대해준)은 고기를 썰어 맛있게 먹는다.
게리온은 실내를 살펴본다. 정오의 그림자들이
지붕에 난 채광 구멍에서 내려온다. 커다란 검은색 쇠화덕
이 아직도 타닥거린다.

바닥엔 야자 잎을 꼬아 만든

매트가 깔려 있고 살아남은 기니피그 몇 마리가 화덕 근처
에서 뛰어다닌다.

잉카 콜라 궤짝 세 개로 만든 받침대 위 TV가

테이블을 향하고 있다. 〈제퍼디!〉*가 낮은 볼륨으로 나오
고 있다. 총 네 자루가 문가에 놓여 있다.

이칸티카스는 활화산 맞아요

(군인 하나가 헤라클레스에게 말하고 있다) 주쿠에 도착하면 보
게 될 겁니다.

그 마을은 화산 비탈에

만들어졌어요―벽에 구멍이 나 있어서 그 구멍을 통해 불
을 볼 수 있지요.

사람들은 그 불을 이용해서 빵을 구워요.

믿을 수가 없어요. 헤라클레스가 말한다. 군인은 어깨를 으
쓱한다. 앙카시의 어머니가 시선을 든다.

그래 맞아. 그녀가 말한다. 용암 빵.

그걸 먹으면 열정적이 되지요. 군인들이 기름기 묻은 웃음
을 흘린다.

이칸티카스가 무슨 뜻이지?** 게리온이 묻는다.

앙카시가 어머니를 본다. 그녀가 케추아어로 뭐라고 말한
다. 앙카시가 게리온에게 고개를 돌리지만

●
미국의 유명 퀴즈쇼.

군인 하나가 끼어들어

앙카시 어머니에게 빠른 스페인어로 말한다. 그녀는 잠시
군인을 쳐다보다가

의자를 뒤로 뺀다.

Muchas gracias hombres(정말 고마워요). 그녀가 말한다.
우리 가요. 기니피그의 식어가는 왼쪽 눈에

그들 모두가 일어나 의자를 뒤로 빼고

악수를 나누는 광경이 비친다. 그 눈이 비워진다.

••
이칸티카Icchantika는 산스크리트어로 '욕망을 가진 사람', '영구히 깨달음
을 얻을 수 없는 중생'을 뜻한다. 이칸티카스는 실제로 페루에 있는 화
산 이름이 아니라 가상의 지명이다.

XLIV. 사진: 옛날

남자의 길고 푸르스름한 벗은 등을 찍은 사진이다.

————

헤라클레스가 창가에 서서 동트기 전의 어둠을 바라보고
있다.

사랑을 나눌 때

게리온은 자신에게서 아치를 그리며 멀어져 아무도 모르는
어두운 꿈속으로 들어가는

헤라클레스의 등뼈를

하나씩 천천히 만지는 걸 좋아했다. 양손으로 목 아래부터

게리온 자신이 빗속의 뿌리처럼

전율하게 만들 수 있는 척추 끝까지 더듬어 내려갔다.

헤라클레스가 작은 소리를 내며

베개 위의 머리를 움직이더니, 천천히 눈을 뜬다.

그는 흠칫 놀란다.

게리온 왜 그래? 맙소사 난 너 우는 거 싫어. 무슨 일이야?

게리온은 열심히 생각한다.

난 한때 널 사랑했는데, 이제 너에 대해 전혀 모르겠어. 이 말은 하지 않는다.

시간에 대해 생각하고 있었어—그는 머릿속을 더듬는다—

사람들이 함께 있을 때나 떨어져 있을 때나 서로 얼마나 멀리 있는지 너도 알잖아—멈춘다.

헤라클레스가 한 손으로

게리온의 얼굴에서 눈물을 닦는다. 그냥 섹스만 하고 생각은 안 할 수 없어?

헤라클레스는 침대에서 빠져나가 욕실로 들어간다.

그러곤 다시 나와서 오랫동안 창가에 서 있다. 그가 침대로 돌아왔을 때쯤엔

날이 밝아오고 있다.

그래 게리온 또 한 번의 토요일 아침이다 나는 웃고 너는 우는.

그가 침대로 기어들며 말한다.

게리온은 그가 담요를 턱까지 끌어올리는 모습을 바라본다. 옛날처럼.

옛날처럼. 게리온도 말한다.

XLV. 사진: 같은 것과 같지 않은 것

옛날 같은 사진이었다. 아닌가?

———

그는 재빨리 침대에서 나왔다. 반짝이는 검은 가시가 그를 에워싸고 있었지만

다치지 않고 빠져나와

코트를 걸치며 밖으로 나갔다. 복도는 텅 비어 있었고 끝에 있는

빨강 비상구 표시밖에 보이지 않았다.

그는 용수철 달린 문빗장을 세게 누르고 핏빛 새벽이 펼쳐진 밖으로 나갔다.

주차장이 아니었다. 그는 잔해만 남은

호텔 정원에 있었다. 온갖 형태로 망가진 장미들이 줄기 위에서 뻣뻣이 정지해 있었다.

겨울 회향풀의 마른 잎이

찬바람 속에서 바스락거리는 소리를 내거나 땅 위로 낮게 흔들리며 깃털 달린 금빛 물체를 떨어뜨렸다.

이 냄새는 뭐지?

게리온은 그런 생각을 하다가 앙카시를 발견했다. 정원 가장 후미진 곳의

커다란 소나무 아래 놓인 벤치에서. 그는

무릎 위로 팔짱을 끼고 그 위에 턱을 괸 자세로 꼼짝도 않고 앉아 있었다. 시선은 정원을 가로질러 다가가는

게리온에게 박혀 있었다.

게리온은 주저하다가 벤치 앞 땅바닥에 앉았다. *Día*. 게리온이 말했다.

앙카시는 말없이 쳐다보기만 했다.

잠을 잘 못 잔 모양이네. 게리온이 말했다.

. . . .

여긴 좀 춥다 그렇게 가만히 앉아 있으면 안 추워?

. . . .

우리 가서 아침 좀 먹을까?

. . . .

아니면 시내 좀 걸을까 커피도 좀 마시고.

. . . .

게리온은 잠시 땅바닥을 내려다보았다. 손가락으로 흙에 작은 도표를 그렸다.

고개를 들었다. 앙카시와 눈이 마주쳤고 둘이 즉시 일어났

으며 앙카시가

손바닥으로 게리온의 뺨을

있는 힘껏 갈겼다. 게리온이 비틀거리며 뒤로 물러났고 앙
카시는

다른 손으로 그를 때려

무릎을 꿇렸다. 양손잡이구나! 게리온은 심하게 비틀거리
면서

허둥지둥 일어나며 감탄했다.

앙카시가 잡지 않았더라면 그는 소나무에 주먹을 날려

손뼈가 부러졌을 것이다.

그들은 함께 비틀거리다가 균형을 잡았다. 앙카시가 팔을
풀고 뒤로 물러섰다.

그는 자신의 셔츠 앞자락으로

게리온의 얼굴에서 콧물과 피를 닦아냈다. 앉아. 그가 게리
온을 벤치로 밀며 말했다.

고개 뒤로 젖혀.

게리온은 앉아서 나무에 머리를 기댔다.

삼키지 마. 앙카시가 말했다.

게리온은 소나무 가지 사이로 금성을 바라보았다. 그래도
난, 그는 생각했다.

누군가를 때리고 싶어,

그래서, 앙카시가 게리온의 오른쪽 광대뼈 위에 생긴 밝은 자주색 멍을 만지며 말했다.

게리온은 기다렸다.

그를 사랑해? 게리온은 그 질문에 대해 생각해보았다. 꿈에서는 그래. 네 꿈에서?

옛날 꿈을 꿀 때.

그를 처음 알았을 때? 응, 그를—알았을 때.

지금은 어떤데?

사랑해—아냐—모르겠어. 게리온은 두 손으로 얼굴을 감싸고 누르다가 손을 내렸다.

아니 지금은 아냐.

그들은 한동안 침묵했고 앙카시가 말했다. 그래서.

게리온은 기다렸다.

그래서 어때—앙카시는 말을 멈췄다가 다시 이었다. 지금은 그와 섹스하는 게 어때?

모멸스러워. 게리온은

지체 없이 말했고 그 말에 움찔하는 앙카시를 보았다.

미안해 그 말은 하지 말았어야 했는데.

게리온이 말했지만 앙카시는 벌써 정원을 가로질러 걸어간 뒤였다. 그가 문간에서 돌아섰다.

게리온?

응.

너한테 원하는 게 하나 있어.

말해.

네가 그 날개를 사용하는 걸 보고 싶어.

그들 사이에 있는 키 큰 회향풀 줄기의 금빛 머리 사이로 침묵이 흘렀다.

이 침묵 속으로 헤라클레스가 뛰어들었다.

Conchitas! 그가 비상문을 열고 나오며 외쳤다. *Buen' día!* 그는 앙카시의 얼굴을 보더니

게리온에게 시선을 돌리고 멈춰 섰다.

아, 그가 말했다. 게리온은 자신의 커다란 코트 주머니 바닥을 더듬고 있었다. 앙카시가

헤라클레스를 밀치고 지나갔다. 그는 호텔로 사라졌다.

헤라클레스가 게리온을 보았다. 화산 폭발 시간인가? 그가 말했다.

사진 속 헤라클레스의 얼굴이 하얗다.

노인의 얼굴이다. 미래의 사진이야, 게리온은 몇 개월 후 자신의 암실에 서서

산화액 속에서 같음이

뼈들을 헤치고 나타나는 걸 지켜보며 그렇게 생각했다.

• Conchita는 여성의 성기를 뜻하는 비속어.

XLVI. 사진: # 1 7 4 8

그가 찍은 적이 없는 사진이고 여기 있는 그 누구도 찍지 않았다.

———

게리온은 코트를 입은 채 침대 옆에 서서 앙카시가 깨어나려고 몸부림치는 걸 지켜본다.

그는 손에 녹음기를 들고 있다.

앙카시가 눈을 뜨자 그가 말한다. 배터리 얼마나 가?

세 시간쯤. 앙카시가

베개에서 졸린 목소리로 대답한다. 왜? 뭐 하려고? 그나저나 지금 몇 시야?

네 시 반쯤 됐어. 게리온이 말한다. 더 자.

앙카시는 뭐라고 웅얼거리고는 도로 꿈에 빠져든다. 너에게 나를 기억할 수 있는 걸 주고 싶어.

게리온이 문을 닫으며 속삭인다. 그는 몇 년간 날지 않았지만

이칸티카스의 얼음 덮인 정상에 있는

분화구를 향해 날아가는 검은 점이 되지 못할 이유가 없었다.

냉혹한 안데스를

자신만의 각도로 돌다가 안데스가 회전할 때는—만일 안데스가 회전을 한다면—퇴각하고

그러지 않을 때는

나무의 갈라진 틈처럼 돌풍을 이겨내고 격렬하고 빨간 날갯짓으로—

그는 녹음 버튼을 누른다.

이건 앙카시를 위한 거야. 그는 아래로 멀어져가는 땅에 대고 외친다.

이건 우리의 아름다움의 기억이다.

그는 태고의 눈目에서 모든 광자光子들을 쏟아내는 이칸티카스의 흙으로 된 심장을 내려다보며

카메라를 향해 미소 짓는다.

사진 제목은 '사람들이 간직하는 유일한 비밀.'

XLVII. 한 남자가 자신의 주인이 된 순간들

밀가루가 주위로 퍼져 그들의 팔과 눈과 머리칼에 앉는다.

———

한 남자가 반죽을 하고,

다른 두 남자가 뒷벽에 뚫린 불이 활활 타오르는 네모난 구
멍에 긴 손잡이가 달린 삽으로

반죽을 밀어 넣는다.

헤라클레스와 앙카시와 게리온은 빵집 앞에 멈춰 서서

그 불의 구멍을 구경한다.

그들은 종일 싸운 뒤에 주쿠의 어두운 거리를 산책하러 나
왔다.

별도 바람도 없는 한밤중이다.

발아래 태고의 바위에서 한기가 올라온다. 게리온은 두 사
람 뒤에서 걷는다.

몇 시간 전에 급히 먹은

빨강 피망 타말레 때문에 자꾸만 신트림이 올라온다.

그들은 말뚝 울타리를 따라 걷고 있다.

골목길을 지나 모퉁이를 도니 거기에 있다. 벽 속의 화산.

저거 보여? 앙카시가 말한다.

아름답다. 헤라클레스가 속삭이듯 말한다. 그는 남자들을 보고 있다.

불 말하는 거야. 앙카시가 말한다.

헤라클레스가 어둠 속에서 히죽 웃는다. 앙카시는 불을 바라본다.

우린 경이로운 존재야,

게리온은 생각한다. 우린 불의 이웃이야.

서로 팔을 맞대고,

얼굴엔 불멸을 담고, 밤을 등지고 나란히 서 있는 그들을 향해

시간이 돌진하고 있다.

인터뷰

(스테시코로스)

나 한 비평가가 당신의 작품 속에서 진행되는 일종의 은폐
극을 말하고 있는데 중요한 정보가 제공되지 않았음을
알 때 사람들이 어떻게 행동하는지 발견하는 것에 대한
특별한 관심은 실명의 미학이나 심지어 (동어반복이 아니라
면) 실명에의 의지와 관련이 있을 수 있는데

S 실명에 대해 이야기하죠

나 예 그러시죠

S 먼저 보는 것seeing에 대해 말해야겠군요

나 좋습니다

S 1907년•까지 나는 보는 것에 진지한 관심을 갖고 있었습
니다 그것을 연구하고 연습했으며 즐기기도 했죠

나 1907년요

S 1907년에 대해 말하겠습니다

나 부탁합니다

•
거트루드 스타인이 프랑스 파리에 정착해 활약을 펼친 해였음.

245

S 먼저 내가 본 것에 대해 말해야겠습니다

나 좋습니다

S 작업실에 가스등이 켜졌을 때 그림들이 벽을 천장까지 완
전히 뒤덮고 있었고 작업실은 도그마처럼 빛났지만 내가
본 건 그게 아닙니다

나 아니라고요

S 당연히 나는 내가 본 것을 보았습니다

나 당연히

S 나는 모두가 본 모든 걸 보았습니다

나 아 그렇군요

S 아니 나는 내가 보았기 때문에 모두가 본 모든 것을 말하
는 겁니다

나 그런가요

S 나는 (아주 단순하게) 세상을 위해 보는 걸 책임지고 있었
습니다 결국 보는 것은 하나의 본질이니까요

나 그걸 어떻게 아시나요

S 내가 봤으니까요

나 어디서요

S 내가 본 곳 어디에서나 그건 내 눈에서 쏟아져 나왔어요
나는 모두의 시계視界를 책임지고 있었어요 그게 날마다
확대되는 것이 커다란 즐거움이었죠

나 즐거움이라고 하시는군요

S 물론 불쾌한 면도 있었어요 난 눈을 깜빡거릴 수도 없었
어요 눈을 감는 순간 세상이 실명하니까

나 그래서 깜빡거리지도 않으셨군요

S 1907년 이후로 깜빡거리지도 않았어요

나 언제까지요

S 전쟁이 시작되었을 때까지요 그다음엔 잊었어요

나 그럼 세상은요

S 세상은 전처럼 앞서갔어요 이제 다른 이야기 합시다

나 묘사요 묘사 이야기를 할 수 있을까요

S 화산과 기니피그의 차이점이 무엇인가는 묘사가 아니에
요 그것이 왜 그런가 그게 묘사예요

나 형식에 대한 말씀을 하신 것 같은데 내용은요

S 차이가 없어요

나 당신의 주인공 게리온은요

S 정확히 내가 좋아하는 건 빨강이고 지리학과 캐릭터 사
이의 연결고리도 있어요

나 그 연결고리가 뭔가요

S 나도 종종 궁금합니다

나 정체성 기억 영원성은 당신의 변함없는 주제들이죠

S 그리고 회한이 어떻게 빨강일 수 있고 과연 그런지

나   그 말씀은 헬레네를 생각나게 하네요

S   헬레네는 없어요

나   시간이 다 된 것 같습니다

S   고맙습니다 모든 것이

나   감사드려야 할 사람은 접니다

S   작은 빨강 개에 대해 묻지 않아서 정말 기쁘네요

나   다음에요

S   그건 3°이죠

• 스테시코로스와 헬레네의 신화 한 부분에서 힌트를 얻은 숫자.

앤 카슨, 고전을 다루는 포스트모던 작가

캐나다 출신의 시인이자 산문 작가인 앤 카슨은 고전 속 소재를 포스트모던한 감성과 스타일로 녹여내는 심오하고 기발한 작품들로 세계 문단의 주목을 받고 있다. 그러니까 그녀의 작품 활동을 한마디로 표현하자면, 고전과 포스트모더니즘의 만남인 셈이다. 문학의 역사라는 장구한 흐름에서 시발점을 이루는 고전과 가장 현대적인 경향인 포스트모더니즘, 이 둘은 물리적인 거리로도 너무 멀고 성격적으로도 상반되어 물과 기름처럼 섞이지 않을 듯하지만 앤 카슨의 문학에서는 경이로운 융합을 이루고 있다. 그건 그녀의 삶 자체가 이 둘의 운명적인 결합이기 때문이다.

어릴 적 앤 카슨은 은행에 근무하는 아버지의 잦은 전근으로 빈번히 이사를 다녀야했고 그러다 보니 친구들을 사귀기가 어려웠다. 물론 그런 외로움은 그녀에게 견디기 힘든 시련이었지만, 그 덕에 고등학교 시절 처음 그리스 고전을 접하게 되었을 때 그 세계에 더 강하게 매료될 수 있었다. 앤 카슨은 고대 그리스어를 처음 접한 순간 그것이 최고의 언어임을 직관적으로 깨달았으며, 이후 대학에서 그리스어를 전공하여 박사 학위를 수여받았다. 그렇게 그녀는 30년 넘게 고전을 연구하고 가르치는 고전학자로 살아오면서 고전의 세계에서 그야말로 완전한 기쁨을 누릴 수 있었다. 이런 배경을 가진 저자가 고전에서 문학적 영감과 소재를 얻는 것은 지당한 일이다. 하지만 앤 카슨은 고전학자인 동시에 뛰어난 시인이며 그것도 매우 실험적인 글을 쓰는 작가이다. 삶에서 가장 두려운 것이 지루함이고 지루함을 피하는 것이 인생의 과업이라고 말하는 그녀의 창작은 늘 파격적이고 독창적이다. 그런 의미에서 《빨강의 자서전》(1998)에 등장하는 빨강 날개를 가진 어린 소년 게리온은 앤 카슨의 작가적 초상이라 할 수 있다.

어린 게리온은 아직 글을 모른다. 하지만 조숙한 소년은 어느 날 '내적인 것'과 '외적인 것'의 차이를 깨닫게 되고, 오직 내적인 것만이 가치가 있다는 신념으로 그것들을 모두 기록

하기로 결심한다. 즉, 자서전을 쓰기로 한 것이다. 글을 모르는데 어떻게 자서전을 쓸 수 있을까? 그것은 관습의 틀에 갇힌 수동적인 우려이다. 게리온은 자신의 가장 중요한 상징인 '빨강'을 토마토로 형상화하고, 어머니 지갑에서 꺼낸 10달러짜리 지폐를 잘게 찢어 머리카락 삼아 토마토에 붙인다. 그렇게 탄생한 조형물의 형태를 한 '자서전'은 글이라는 도구를 사용한 다른 그 어떤 자서전보다 생생하고 강렬하다. 그리고 게리온의 이런 순수하고 거침없는 자서전 작법은 장르를 자유로이 넘나들며 열정과 카리스마를 뿜어내는 작가 앤 카슨의 창작 스타일과 일맥상통한다.

앤 카슨의 시는 단순히 시의 영역에만 머물러 있지 않다. 시의 형태를 한 소설이 되기도 하고(《빨강의 자서전》), 탱고 형식의 허구적 에세이가 되기도 하며(《남편의 아름다움 The Beauty of the Husband》), 번역의 형식이 되기도 한다(《녹스 Nox》, 2010). 그녀는 작품의 내용뿐 아니라 책의 디자인에도 도전 정신을 발휘하여 저자의 손글씨를 담거나(《안티고닉 Antigonick》, 2012), 아코디언처럼 펼쳐지는 상자 모양 책을 만든다(《녹스》). 또한 머스 커닝햄 무용단, 행위예술가 로리 앤더슨, 록 가수 루 리드, 시각예술가 킴 아노 등 다른 예술 분야 거장들과의 공동 작업을 통해 작품의 지평을 넓혀가는 노력을 쉬지 않는다. 그리하여 그녀의 시들은 종이 위에 얌전히 머물러만 있지 않고 무대에서 춤, 음악과 어우러지고 미술 작품으로 재탄생한다. 고전이 그녀의 거침없는 상상력을 통해 가장 현대적인 모습으로 되살아나는 것이며, 그것은 고전학자이며 실험 정신으로 충만한 작가 앤 카슨만이 이룰 수 있는 독보적인 성과이다.

《빨강의 자서전》— 괴물의 영웅담

그리스 신화에서 헤라클레스는 아내와 아들을 죽인 죄를 씻기 위해 12가지 과업을 수행하는데, 그중 열 번째 과업이 에리테이아(빨강 섬)에 사는 괴물 게리온을 죽이고 그의 소떼를 훔쳐오는 것이다. 앤 카슨은 캐나다의 문예지 《브릭 매거진》과의 인터뷰에서 게리온의 괴물성怪物性에 매료되어 그의 이야기를 쓰게 되었다며 이렇게 덧붙였다. "우리 모두 거의 항상 자신이 괴물이라고 느끼니까요."

농담이나 비꼬는 말이 아닌 진지한 단언斷言이다. 그렇다면 그녀가 말하는 '괴물성'이란 어떤 것일까? 그것은 단순히 비정상적이고 괴이하기만 한 무엇이 아니라 '특별한 것'이다. 몰개성沒個性의 잿빛 바다에서 빨강으로 선명하게 존재하는 것. 《빨강의 자서전》에서 그것은 빨강 날개로 상징된다. 이 작품에서 저자는 괴물 게리온을 현대의 캐나다로 데려온다. 게리온은 신화에서처럼 세 개의 머리와 세 개의 몸이 한데 붙은 무시무시한 형상이 아니라 겉보기엔 평범한 소년의 모습을 하고 있지만 어깨에 조그만 빨강 날개가 달려 있다. 그 빨강 날개가 그의 괴물성을 나타내는 육체적 표식이라면, 극단적인 비사회성과 동성애적 성향은 괴물성의 정신적 발현이다. 그는 세상에 자연스럽게 녹아들지 못하고 자신만의 세계에 갇혀 살며, 우연히 만난 소년 헤라클레스를 운명적으로 사랑하게 된다. 소년 게리온은 사람들에게 그 괴물성을 드러낼 용기가 없어서 빨강 날개를 꼭꼭 감추고 살아가지만 그의 마음속 깊은 곳에는 빨강 날개가 특별함과 영웅성의 상징이라는 믿음이 자리하고 있다. 그리하여 소년의 삶은 빨강 날개의 진정한 가치를 확인하고, 그 빨강 날개로 하늘 높이 당당히 날아오르기 위한 험난하지만 숭고한 여정이 된다. 그리고 그것은 진정한 영웅의 삶이다. 앤 카슨은 이 작품을 '로맨스 romance'라고 칭하는데, 로맨스는 중세 유럽의 기사 모험담을 다룬 문학 장르를 일컫는다. 그러니까 이 작품은 형식적으로도 영웅 이야기인 셈이다.

앤 카슨은 고대 그리스 최초의 서정시인 스테시코로스의

《게리오네이스》를 번역하다가 많은 부분이 유실되고 일부만 남아 있는 이 작품을 소설로 완전히 재구성하려는 시도를 하게 되었고 그 결과 '시로 된 소설'이라는 부제가 붙은 《빨강의 자서전》이 탄생했다. 서문 형식으로 스테시코로스가 문학사에 미친 영향을 짧게 고찰하고, 스테시코로스의 작품 파편들이 소개되고, 부록의 형태로 시인과 헬레네의 일화가 다루어지고, 책의 마지막 부분에 저자와 스테시코로스의 가상 인터뷰가 실린 것은 그런 배경 때문이다. 그리고 서두에 인용된 거트루드 스타인의 말은 이 작품을 관통하는 대담한 언어적 실험 정신을 엿볼 수 있게 해준다. "나는 말들이 스스로 하고 싶어 하고 해야만 하는 걸 하는 것의 느낌을 좋아한다."《빨강의 자서전》은 앤 카슨의 해박한 고전 지식과 자유분방한 예술가 정신이 낳은 기이하고 강렬한 작품이다. 게리온의 빨강 날개를 닮은.

민승남

옮긴이 민승남

서울대학교 영어영문학과를 졸업하고 현재 전문 번역가로 활동 중이다. 옮긴 책으로 앤 카슨의《남편의 아름다움》, 앤드류 솔로몬의《한낮의 우울》, 메리 올리버의《완벽한 날들》, 애니 프루의《시핑 뉴스》, 리사 제노바의《스틸 앨리스》, 스티븐 갤러웨이의《상승》, 알리스미스의《우연한 방문객》, 조이스 캐럴 오츠의《멀베이니 가족》, 앤 엔라이트의《개더링》, 퍼트리샤 하이스미스의《당신은 우리와 어울리지 않아》, 유진 오닐의《밤으로의 긴 여로》, 에인 랜드의《애틀라스》, 니코스 카잔차키스의《알렉산드로스 대왕》등 다수가 있다.

빨강의 자서전

초판 1쇄 발행 2016년 1월 15일
초판 6쇄 발행 2024년 11월 25일

지은이 앤 카슨
옮긴이 민승남
펴낸이 이상훈
문학팀 최해경 박선우
마케팅 김한성 조재성 박신영 김효진 김애린 오민정

펴낸곳 (주)한겨레엔 www.hanibook.co.kr
등록 2016년 1월 4일 제313-2006-00003호
주소 서울시 마포구 창전로 70 (신수동) 화수목빌딩 5층
전화 02-6383-1602~3
팩스 02-6383-1610
대표메일 munhak@hanien.co.kr

ISBN 979-11-7213-178-4   03840